Liebe für Anfänger

Nava Semel

Liebe für Anfänger

Sieben Geschichten

Aus dem Hebräischen von Mirjam Pressler
Bebildert von Gerda Raidt

Verlagshaus Jacoby Stuart

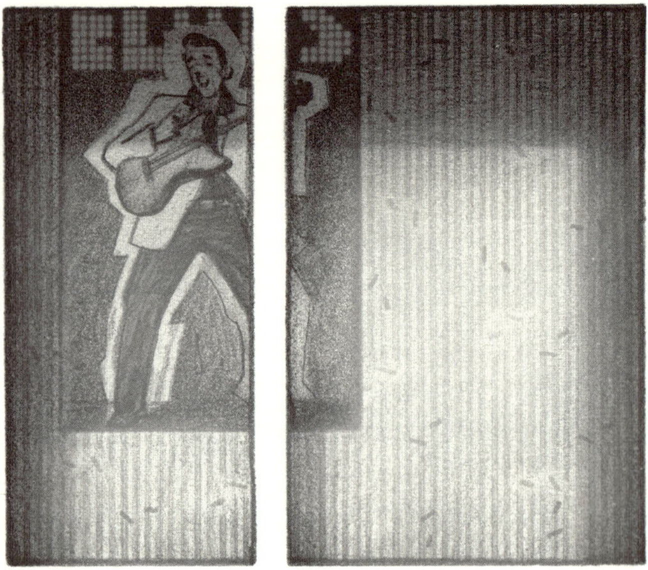

Das Poster von Elvis

Man sollte sich schämen, wenn man verliebt ist. Ich weiß nicht, warum, aber ich dachte, alle Leute würden das glauben. Es ist schon lange her. Manchmal kommt es mir vor, als seien seither Jahre vergangen, und manchmal, als sei es erst gestern passiert.

Ich tat alles, um zu verbergen, dass ich in Mikey verliebt war. Es war wie ein hässlicher Fleck, der bei der Wäsche nicht rausging. Ich durfte mit niemandem darüber sprechen, nicht mit Batja, meiner besten Freundin, nicht mit meiner Mutter und ganz bestimmt nicht mit meinem Vater. Es war, als sei Liebe eine Schwäche oder eine Art Krankheit. Ich schämte mich so sehr, dass ich mich schuldig fühlte. Aber der Körper ist viel gescheiter und verrät das Geheimnis. Manche Leute werden rot, andere kauen an ihren Fingernägeln oder sie fangen an zu stottern, aber wenn ich verliebt bin und mich schäme, schiebe ich mir die Haare aus der Stirn, sogar wenn sie fest nach hinten gebunden sind.

Mikey zog in den Sommerferien vor der sechsten Klasse in unser Viertel. Er war Amerikaner und konnte kein Wort Hebräisch, und ich verstand kein Wort Englisch. Seine Eltern waren aus beruflichen Gründen für eine kurze

Zeit hergeschickt worden und hatten eine Wohnung gegenüber von unserem Haus gemietet, auf der anderen Straßenseite.

Am Abend, als sie ankamen, hörte ich Stimmen. Ich ging sofort zum Fenster und schaute hinaus. Im Fensterrahmen, genau meinem gegenüber, stand ein Junge, den ich nicht kannte, und sein Blick wischte den Abstand zwischen unseren Fenstern einfach weg. Etwas in mir zog sich zusammen. Die tiefste Stelle in meinem Körper fing plötzlich an zu bibbern und zu tanzen. Aus lauter Scham hob ich die Hand zur Stirn, um die Haare zurückzuschieben.

Ich wusste noch nicht mal, wie dieser neue Junge hieß, aber ich erfuhr sehr schnell eine ganze Menge über ihn. Zum Beispiel sein Lieblingsspiel, von dem ich noch nie was gehört hatte. Er warf einen kleinen Ball in die Luft und schlug ihn mit einer Art Stock von einer Seite seines Zimmers zur anderen. Er hörte rhythmischen Rock 'n' Roll auf seinem Plattenspieler und sang dazu. Er kannte alle Texte auswendig. Bei uns gab es gerade mal drei Schallplatten: Mozart, Beethoven und die Tarnegolim mit hebräischen Liedern. Und mein Vater ließ mich den Plattenspieler nie bedienen, er behauptete, ich sei nicht »verantwortungsbewusst« und würde »die Musik zerkratzen«.

An der Wand neben seinem Bett hatte der neue Junge ein großes Poster: Elvis in engen Jeans, mit einer elektrischen Gitarre und einer glänzenden schwarzen Haartolle über der Stirn. Er konnte gleichzeitig wackeln und tanzen.

Ich fand das alles heraus, während ich hinter dem Vorhang stand und ihn von meinem Zimmer aus beobachtete.

Um zu vermeiden, dass meine Klassenkameraden je herausfanden, dass ich verliebt war, schikanierte ich Mikey die ganze Zeit. Ich hielt das für die beste Methode, um jeden Verdacht von mir abzulenken. Ich lachte über die seltsamen Sachen, die er anhatte: dreiviertellange Hosen und bunte, bauschige Hemden mit Bildern von Blumen und Schmetterlingen. Damals trugen wir alle schwarze Turnhosen und bestickte weiße Blusen, und die Jungen trugen Unterhemden. Im Vergleich zu uns sah Mikey wie ein Freak aus – obwohl wir dieses Wort damals nicht benutzten, wir nannten Jugendliche wie ihn »Gammler« oder »Rumtreiber« – meinten aber dasselbe.
Hinter seinem Rücken äffte ich seinen seltsamen Akzent nach und alle lachten sich krumm darüber. Ich galt nicht umsonst als das wildeste Mädchen des Viertels, und Batja, meine beste Freundin, sagte voraus, dass ich eines Tages offiziell als wildestes Mädchen von Tel Aviv gekürt werden würde.
Und das Gemeinste war, dass ich ihn Michael nannte statt Mikey, kein Mensch mag es, wenn sein Name verhunzt wird. Anfangs nannten ihn die anderen ebenfalls Michael, aber im Lauf der Zeit gingen sie zu Mikey über.

An einem Tag im Sommer, als es wirklich schon knallheiß war, fing ich an zu singen: »Michaels Hosen sind zu kurz, er sieht aus wie ein halber Furz, und rutschen sie ihm einmal ganz, dann sieht man ...« Den Rest sang ich nicht mehr. Ich hatte nicht angenommen, dass er es hörte – und selbst wenn er es hören würde, wäre das nicht schlimm, er verstand sowieso kein Hebräisch –, aber er drehte sich um und warf mir wieder einen Blick zu, der den Abstand zwischen uns wegwischte. Seine blauen Augen glühten, als sei er plötzlich geblendet worden und gäbe sich Mühe, die Tränen zu unterdrücken.

Wir sprachen kein Wort miteinander. Sogar als er ein paar Worte Hebräisch gelernt und sich mit anderen aus unserem Viertel angefreundet hatte, sprach er nie mit mir. Er starrte nur jeden Abend von seinem Fenster in mein Zimmer herüber, und zwischen unseren Augen schien sich eine Schnur aus Zorn und Kränkung zu spannen. Die Mädchen im Viertel spielten Himmel und Hölle oder Seilhüpfen und die Jungen spielten Fußball. Mikey nahm seinen Stock und den kleinen Ball mit hinaus und brachte ihnen Baseball bei. Das gefiel ihnen so gut, dass sie die ganzen Sommerferien über Werfen und Fangen übten und dann verkündeten, sie würden die erste Baseball-Mannschaft in Israel gründen, mit Mikey als Trainer.

Einmal, bevor das Spiel zu Ende war, flog der kleine Ball in meine Richtung und ich sprang hoch und fing ihn auf. Mikey kam zu mir und streckte die Hand aus. Meine Faust ballte sich um den Ball, und ich hielt ihn so fest, dass es mir wehtat, aber ich gab ihn nicht zurück. Er sagte auf Hebräisch: »Ball dich getroffen – tut weh«, und diese Worte – die einzigen, die er je zu mir gesagt hatte – trafen tief in mir die Stelle, die zugleich bibberte und tanzte.

In der letzten Ferienwoche beschlossen wir, ein Lagerfeuer zu machen. Eine Art Feier zum Ende des Sommers, obwohl niemand sich wirklich darauf freute, wieder in die Schule zu gehen. Wir fuhren mit dem Boot den Yarkon hinunter zum Reading-Strand. Der Strand gehörte den Kindern unseres Viertels. Wir überquerten die Holzbrücke, beladen mit Holz und Kartoffeln für das Feuer. Mikey half Batja, einen alten, halbzerbrochenen Stuhl zu tragen, den sie aus der Schreinerei ihres Vaters mitgebracht hatte. Sie lächelte ihn an, und er lächelte zurück, und ich hatte auf einmal das Gefühl, zu brennen. Meine Scham verwandelte sich in Wut, und ich schwor mir, gleich am ersten Schultag die Lehrerin zu bitten, mir einen neuen Platz anzuweisen, so weit weg von Batja wie möglich.

Als die Flammen des Lagerfeuers anfingen, gleichzeitig zu tanzen und zu bibbern, fühlte ich, wie das Feuer in mir heißer wurde. Batja saß neben Mikey und brachte ihm unsere Lieder bei, und sie lud ihn sogar ein, im nächsten Sommer zurückzukommen und bei ihr zu wohnen. Sie hätten jede Menge Patz im Haus, sagte sie, und versprach, das ganze Jahr über Baseball zu trainieren, damit sie in den großen Ferien in die Mannschaft eintreten könne.

Ich stand auf, um zu gehen. Das war's dann, dachte ich. Die Jungen standen schon um das Feuer herum, bereit zur Löschzeremonie. Das war eine besondere Zeremonie, nur für die Jungen, und sie hatten schon den ganzen Sommer darüber diskutiert, wie sie sich im Kreis um die Glut herumstellen und sie auspinkeln wollten. Batja ging zur Seite, aber sie befahlen ihr, noch weiter weg zu gehen. Ich sah, dass sie Mikey zum Mitmachen aufforderten. Ich begann, den Reading-Strand entlangzulaufen, Richtung Holzbrücke. Ich war außer Atem. Gerade als ich die Brücke betreten wollte, hörte ich ihn nach mir rufen. Das war das erste Mal, dass er meinen Namen sagte, Michal, und plötzlich hörte es sich ganz ähnlich an wie Michael.

Ich blieb stehen. Ich sagte kein Wort. Ich glaube, ich hatte mich noch nie so geschämt. Mikey malte mit seinem nackten Fuß etwas in den Sand, ein Quadrat, das aussah wie ein Fenster. Ich schaute ihm zu. In dieses Fenster schrieb er »Ich liebe dich«, in schönen runden hebräischen Buchstaben, für die er vermutlich eine Eins plus bekommen hätte.

»Mikey«, sagte ich, und versteckt in diesem einzigen Wort waren alle anderen Wörter, die ich hätte sagen wollen, auf Hebräisch und in allen anderen Sprachen, die es gab, und in allen, die es nicht gab. Obwohl es nur ein einziges Wort war – ein ganz gewöhnlicher amerikanischer Name –, verstand er alles. Langsam hob er die Hand zu meinem Gesicht und strich mir sanft die Haare aus der Stirn.

Am nächsten Tag reiste er ab. Ich stand stundenlang in meinem Zimmer und schaute hinüber zu seinem Zimmer, und alles, was ich sah, war der leere Rahmen. Ich musste mich nicht länger hinter dem Vorhang verstecken, und ich fragte mich, warum Mikey sich nicht geschämt hatte. Obwohl ich so ekelhaft zu ihm gewesen war und ihm die Ferien versaut hatte, hatte er die Worte in den Sand geschrieben, die unaufhörlich in mir immer weiterklangen. »Ich liebe dich.« Tief innen wusste ich, dass ich diese Worte nicht oft in meinem Leben hören würde, und dass auch ich sie nicht oft sagen würde. Hätte ich gewusst, dachte ich, dass das nichts ist, wofür man sich schämen musste, hätte ich eine Schnur zwischen Mikeys Fenster und meinem gezogen und alle hätten es sehen können.

Als der Herbst mit Regen kam, zogen neue Nachbarn in die Wohnung auf der anderen Straßenseite ein. Obwohl sie keine Kinder hatten, ging ich hinauf und klingelte. Ich hatte keine Entschuldigung, deshalb sagte ich, ich sei gekommen, sie im Viertel zu begrüßen, und wünschte ihnen alles Gute hier. Sie waren gerührt und erzählten noch jahrelang allen und jedem, ich sei das höflichste Mädchen von ganz Tel Aviv. Natürlich baten sie mich hinein, sie boten mir Schokolade an, was damals ein seltener Genuss war, nur reiche Leute konnten es sich leisten, Gästen Schokolade anzubieten. Ich fragte, ob ich das Zimmer sehen könne, das meinem gegenüber liege. Und dann stand ich an der Stelle, an der Mikey den ganzen Sommer über gestanden hatte, und stellte mir vor, wie er mich von da aus gesehen hatte, und der Regen lief in großen Tropfen die Scheiben herunter.

Als ich mich umdrehte, um nach Hause zu gehen, sah ich, dass das Poster von Elvis noch immer an der Wand hing. Ich stand davor, als sei es ein Fenster der Sehnsucht. Die neuen Nachbarn verstanden sofort, sie nahmen das Poster vorsichtig von der Wand und schenkten es mir.

Ich rannte nach Hause, und auf einmal schien es der längste Weg der Welt zu sein. Ich wurde klatschnass, aber das kümmerte mich nicht. Der Schmerz überdeckte alles andere. Es war, als sei ich tief in mir von einem Ball und einem Stock getroffen worden und die Wunde blute. End-

lich verstand ich, dass ich nicht schuld war an allem. Jetzt musste ich nur den Schmerz verstecken, aber das war nicht schwer, ich hatte ja den ganzen Sommer über trainiert.
Ich sagte Batja, meiner besten Freundin, kein Wort davon, ich erzählte es auch nicht meiner Mutter, die fragte, warum ich so traurig sei. Vor meinem Vater brauchte ich nichts zu verbergen, er interessierte sich sowieso nicht für mich und schien nicht einmal zu wissen, in welche Klasse ich nach den Sommerferien gehen würde. Ich hängte das Poster von Elvis über mein Bett und dachte, dass ich es vielleicht irgendwann Mikey zurückgeben würde.

Mikey kam nicht mehr, nicht in den Sommerferien vor der siebten Klasse noch in irgendwelchen anderen Ferien. Die Erwachsenen halten eine Liebe in der sechsten Klasse nicht wirklich für eine Liebe, dachte ich. Sie nehmen sie nicht ernst und glauben, nur sie allein hätten ein Recht auf Liebe. Aber sogar damals verstand ich, dass sie – noch viel mehr als ich – Angst vor der Liebe hatten und sich schämten, und dass sie sich große Mühe gaben, sie zu verbergen.

Kurz vor den nächsten Sommerferien hielt ich es nicht länger aus und erzählte meiner Mutter von Mikey. »Du wirst ihn vergessen«, sagte sie. »Wir erinnern uns langsam und vergessen schnell.« Und sie sagte auch: »Du wirst noch eine Menge Jungen in deinem Leben lieben.«
Ihre zweite Prophezeiung bewahrheitete sich, aber mit der ersten hatte sie sich geirrt. Es gab eine Menge Jungen in meinem Leben, und einige von ihnen liebte ich auch, aber

Mikey vergaß ich nicht. Tatsache ist, dass ich mich jetzt, nach dreißig Jahren, noch immer an die Stelle in mir erinnere, die gleichzeitig bibberte und tanzte. Und genau an dieser Stelle lebt die Erinnerung von Mikeys Hand weiter, wie er mir sanft die Haare aus der Stirn strich, dort, vor der alten Holzbrücke am Reading-Strand.
In einer Schublade unter den alten Turnhosen mit dem Gummizug in der Taille, die ich nie wegwerfen konnte, liegt zusammengefaltet das Poster von Elvis. Manchmal weiß ich gar nicht mehr, dass es überhaupt noch existiert, aber wenn ich in meiner Schublade wühle, stoße ich darauf. Fünf Worte tauchen aus der Stelle tief in mir auf, wie von einem Baseball-Champion geschlagen: »Ball dich getroffen – tut weh.«

Ich denke, ich werde das Poster von Elvis meiner Tochter geben. Die Sommerferien stehen vor der Tür, sie wird in die sechste Klasse kommen. In unserem Viertel außerhalb von Tel Aviv – man kann Tag und Nacht die Reading-Schornsteine sehen – lebt ein Junge namens Zohar. Jeden Tag steht er an der Ecke und wartet darauf, dass meine Tochter von der Schule nach Hause kommt. Der Blick, der den Abstand zwischen ihnen wegwischt, ist leicht zu erkennen.
Eines Tages werde ich das Poster aus der Schublade nehmen, vorsichtig, damit es nicht reißt, und die schwarze Haartolle berühren, die sich zwischen den Falten verbirgt. Ich werde das Poster meiner Tochter Michaela geben, und ich werde ihr sagen, dass sie sich nie, nie für Liebe zu schämen braucht.

Der Kuss des Esels

»Der Esel – ich will der Esel sein!«, rief ich.

Alle brachen in Gelächter aus. Nur unser Schauspiellehrer lachte nicht. Stattdessen warf er mir einen stechenden Blick zu, mit unbewegtem Gesicht.

Die anderen Kinder, die vorsprechen sollten, drängten sich hinter der Bühne zusammen. Obwohl ich Lyra nicht sehen konnte, wusste ich, dass sie da war, und spitzte die Ohren, um herauszufinden, ob sie ebenfalls lachte. Lyras Lachen war etwas ganz Besonderes, zart und melodisch. Vielleicht deshalb, weil ihre Eltern sie nach einem antiken Musikinstrument genannt hatten.

»Ich will den Esel spielen«, wiederholte ich jetzt fast flehend. Der Lehrer schrieb etwas in sein Notizbuch, dann drehte er sich um und sagte autoritär: »Gut, die Rolle gehört dir.«

Wieder ließ eine Welle von Gelächter den offenen Vorhang erzittern, aber ein schneller Blick des Lehrers stoppte die Ausgelassenheit. »Theaterspielen ist eine ernste Sache«, sagte er. »Und wenn es darum ging, einen Schauspieler auszuwählen, nahm selbst der ehrenwerte William Shakespeare die Sache nicht leicht.«

Mit Schwung sprang ich von der Bühne, das Textbuch

fest ans Herz gedrückt, als hätte ich ein Vermögen in der Lotterie gewonnen, und dankte Shakespeare, der vor vierhundert Jahren gelebt hatte, dafür, dass er die Rolle des Esels in seinem Theaterstück *Ein Sommernachtstraum* hinterlassen hatte, denn dieser Esel wird von Titania geküsst. Und Lyra, das großartigste Mädchen aus unserer Klasse, würde die Königin des Elfenreichs spielen.

Von Lyra geküsst zu werden ... Ich war bereit, alles für diesen Kuss zu tun. Sogar mich in einen Esel zu verwandeln.

Niemand hatte Shakespeare gewollt. Die Proteste der Klasse waren bis zum Büro des Direktors gedrungen. Die anderen wünschten sich eine Abschlussaufführung, in der »wir« die Hauptrollen spielen würden. Etwas, was in unsere Zeit passte. »Etwas Relevantes«, wie San es formulierte, der beliebteste Junge der Schule, dessen Vater beim Fernsehen arbeitete. Mia, die ich hinter ihrem Rücken »Sans Echo« nannte, schlug eine Telenovela über zwei rivalisierende Gymnasien vor. Sie lächelte San zu, der seit der ersten Klasse Vorsitzender des Schülerbeirats war, aber er machte sich nicht die Mühe, zu reagieren. In der großen Pause berief er eine dringende Versammlung ein und erklärte, das Theater sei tot, nur das Fernsehen lebe, und verlangte eine demokratische Abstimmung.

Aber der Schauspiellehrer sagte, obwohl Shakespeare seit über vierhundert Jahren tot sei, gehe es bei dem Stück definitiv um uns und außerdem habe der Regisseur sowieso das letzte Wort.

»Theater ist kein Ort für Demokratie, im Theater zählt nur das Talent.«

Am Schluss war es Lyra, die das letzte Wort hatte. Sie war die Einzige, die *Ein Sommernachtstraum* kannte, ich habe keine Ahnung, woher; jedenfalls erklärte sie, das Stück habe genug Rollen für alle und bot an, die Titania zu spielen.

Bei ihr wollte der Lehrer noch nicht einmal ein Vorsprechen, denn es war auch ihm klar, dass sie die perfekte Königin des Elfenreichs in Shakespeares verrücktem und chaotischem Wald sein würde.

Für mich war Lyra das großartigste Mädchen der Klasse. Ihre Haare waren kurz und rötlich, die Augen grün, und wenn sie lachte, war es wie der Klang zarter Saiten. Seit der ersten Klasse hatte ich davon geträumt, sie zu küssen. Einmal, nach dem Sportunterricht, hatte ich es sogar geschafft, einen Kuss vom Pferd zu stehlen, über das sie gesprungen war. Ich weiß noch genau, wie eifersüchtig ich auf jenes Turngerät gewesen war.

Wenn ich in ihrer Nähe war, brachte ich keinen Ton heraus, meine Hände bewegten sich wie von selbst und meine Gedanken gerieten durcheinander wie die zerknüllten Seiten eines Stücks, von dem man nicht weiß, wo es anfängt und wo es endet.

Ich wollte Lyra immer sagen, dass ich sie liebe, fürchtete jedoch, sie würde lachen, und dann würden mich die zarten Saiten für immer zerkratzen. Aber was mochte passieren, wenn der Esel es sagte? Ein Esel konnte zugeben, dass er die Königin des Elfenreichs liebte, da würde keiner lachen. Vor allem Shakespeare nicht.

Am ersten Probetag konnte Lyra ihren ganzen Text schon auswendig. Es war, als habe der Schriftsteller, der vor vierhundert Jahren gelebt hatte, die Worte speziell für sie geschrieben. Ich war glücklich, dass San die Rolle des Oberon bekommen hatte, denn er war Titanias verachteter Ehemann, mit dem sie stritt und dem sie im Verlauf des Stücks davonlief.
»Die Königin verliebt sich in den Esel«, erklärte unser Lehrer und bestand darauf, ab jetzt nur noch als »Regisseur« angesprochen zu werden.
»Wie kann sich eine Königin in einen Esel verlieben?«, fragte Mia, die noch keine Rolle bekommen hatte. Und sie stiftete die anderen Mädchen an. »Warum schikaniert uns dieser Shakespeare vierhundert Jahre nach seinem Tod? Was weiß er schon von Liebe?« Wenn wir die Telenovela über zwei rivalisierende Gymnasien spielten, wie Mia es wollte, würde auch Shakespeare verstehen, dass man nur den absolut passenden Partner lieben könne.
»Sommernachtsalptraum«, so nannte Mia das Stück hinter dem Rücken des Regisseurs, und sie prophezeite, unsere Vorstellung zum Jahresabschluss würde ein vollkommener Reinfall werden.
»Die blamabelste Vorstellung in der Geschichte der Schule«, warnte sie.
»Vielleicht solltest du den Puck spielen«, schlug Lyra vor. Puck war der mutwillige Kobold, der sich in die Liebesgeschichten einmischte. »Das«, antwortete Mira, »hängt vom Kostüm ab.«
Ich sagte nichts und konzentrierte mich darauf, meinen Text zu lernen. Ich hatte keine Ahnung, wie ich mich in

einen Esel verwandeln sollte. Aber ich versprach mir, ich würde alles dafür Notwendige tun. Wenn ich iahen sollte, würde ich eben iahen. Wenn ich mit dem Schwanz wedeln sollte, würde ich eben mit dem Schwanz wedeln. Egal wie, ich würde ein perfekter Esel werden. Für diesen Kuss würde ich alles tun.

In der zweiten Probewoche legte der Regisseur die Kostümskizzen auf den Tisch. Die engsitzende grüne Hose für Pucks Kostüm überzeugte Mia, die Rolle des teuflischen Kobolds zu übernehmen, der die Paare vermitteln sollte und alles durcheinanderbrachte. Einen Moment lang bedauerte ich, nicht Puck zu sein, doch dann entdeckte ich, dass der arme kleine Kerl keine eigene Liebe hatte und ich mit meiner Rolle ganz zufrieden sein konnte. Und außerdem hasste ich solche engsitzenden Hosen.
Wir hatten die Szene, in der Titania den Esel umarmt, noch nicht geprobt, die Szene, in der sie mir zuflüstern würde: »Du bist so weise, wie du reizend bist.«
Der Regisseur sagte, wir würden uns diese besonderen Verse bis zum Ende der Probe aufheben, weil man im Theater nicht alles der Reihe nach durcharbeite.
Das ist nicht schlimm, dachte ich, ich habe Geduld. Schließlich warte ich auf diesen Kuss seit der ersten Klasse.
»Was soll das heißen, nicht der Reihe nach?«, fragte Mia hartnäckig. Sie sehnte sich nach der Szene, in der Puck allein auf der Bühne stand und den anderen Figuren seinen Liebestrank in die Augen träufelte, der sie dazu brachte, sich sofort zu verlieben. Der Regisseur erklärte, dass

Theater nur aussehe wie richtiges Leben, ein Spiegelbild sei es aber nicht.
Das hörte sich an wie eine grundlegend philosophische These, und Mia fragte San sofort, was er davon halte. Aber San war in seinen Text vertieft, er schaffte es nicht, die Zeilen auswendig zu lernen. Das verlangsamte die Probe, denn der Regisseur musste ihm die ganze Zeit den Text vorsagen. Schließlich schlug er vor, Lyra solle San nachmittags abhören, und mein Herz sank. Sogar ein Esel hat genug Verstand zu wissen, dass außerhalb der Bühne alle möglichen unerwarteten Dinge passieren können. Man konnte sich nicht darauf verlassen, dass der König und die Königin wirklich stritten und einander hassten.
Auf den Kostümskizzen trug Oberon ein goldenes Band um die Stirn und Titania hatte eine Tiara und durchsichtige Flügel. Es gab Skizzen für alle Kostüme, nur für meines nicht. Als ich den Regisseur nach meinem Kostüm fragte, antwortete er: »Ein Esel braucht nichts außer großen Ohren.« Wieder wurde hinter der Bühne brüllend gelacht und ich meinte, Lyras zarte Saitenklänge herauszuhören.
Nach der Probe sah ich, dass San sie nach Hause begleitete.

Ein magischer Liebestrank, der dazu führt, dass man sich auf der Stelle verliebt! In Shakespeares Stück wollte der eifersüchtige Oberon Rache: Er befahl Puck, den Zauber zu versprühen, sodass Titania sich in die erste Kreatur verlieben sollte, der sie im Wald begegnete. Wenn ich bloß diesen Zaubertrank besorgen und Lyra mit dieser uralten Vorgehensweise verhexen könnte! Meine Liebe zu ihr war auch uralt. Vielleicht keine vierhundert Jahre, aber sie dauerte schon so lange genug, dass sie eine wirkliche Rolle spielte.

Meine Liebe war kein plötzlicher Anfall wie Asthma oder ein Schnupfen. Sie war immer da, ein Teil von mir, wie ein Arm oder ein Bein. Wir hatten in all den Jahren kaum miteinander gesprochen. Manchmal liehen wir uns gegenseitig einen Bleistift oder einen Radiergummi. Einmal hatte sie mich angerufen und sich nach den Mathematikhausaufgaben erkundigt, und ich weiß noch, dass ich sie fragte, warum sie Lyra heiße, aber sie hatte weiter über Gleichungen und Unbekannte gesprochen und dann einfach aufgehängt.

Im Lexikon steht, Lyra sei eine kleine Harfe, die man in der Antike gespielt habe. Abends stellte ich mir vor, mit meinen Eselsohren auf diesen dünnen, feinen Saiten zu spielen. Das Einzige, was ich mir nicht vorzustellen wagte, war der Kuss. Den wollte ich mir für das richtige Leben aufheben.

»Lieber Shakespeare«, flüsterte ich in mein Kissen. »Hilf mir, auch wenn du schon seit vierhundert Jahren tot bist.« Mit geschlossenen Augen fiel mir aber nur eine Szene ein, in der Oberon und Titania sich in der dunkelsten Ecke des Waldes umarmen. Und ich konnte auch ihr Lachen hören ... Ich drückte mir das Kissen auf die Ohren, um nichts mehr mitzubekommen. Ein richtiger Mittsommernachtsalptraum!

Die Proben schritten fort und alle gewöhnten sich an ihre Rollen, eine demokratische Abstimmung wurde nicht mehr gefordert. Die Mädchen wurden zu Titanias Elfen und die Jungen spielten Oberons Gefolge. Außerdem gab es die vier Verliebten, die sich im Wald verirrt hatten, und die Handwerker, die ein Stück im Stück spielten. Trotz der Beschwerden gegen Shakespeare stellte sich heraus, dass er im Voraus daran gedacht hatte, Rollen für jeden von uns zu schreiben.

Nur der Regisseur war unzufrieden. In der Szene, in der Titania ihre Elfen auffordert, ihren geliebten Esel mit Nüssen zu füttern und eine Honigwabe für ihn zu stehlen, bewarfen sie mich mit einem Haufen angemalter Radiergummis. Mia kam auf die Bühne und rief: »Sie hat sich in ein Ungeheuer verliebt!« Das hatte Shakespeare tatsächlich geschrieben, aber es gehörte zu einem anderen Akt.

Der Regisseur kochte, doch bevor er eine Chance hatte zu toben, stieß ich mein »Iaah« aus. Es war so erfolgreich, dass die ganze Bühne still wurde. Sogar Lyra blieb stehen, obwohl sie, nach Anweisung des Regisseurs, auf mich hätte zugehen und einen Knicks machen müssen. Der Regisseur klatschte Beifall und verkündete: »Seht ihr, ein echter Schauspieler.«

Meine Wangen brannten, und alles, was ich denken konnte, war, ob Esel überhaupt rot wurden. Dann folgte Lyra den Anweisungen des Regisseurs und kniete sich vor mir auf den Boden. Es war, als würde sie mich zum ersten Mal sehen. Doch der Kuss, auf den ich schon so lange wartete, kam nicht, denn der Regisseur verschob die weitere Ar-

beit an dieser Szene bis zum Schluss. Er sagte, er brauche noch eine Inspiration.
Nach der Probe bot San Lyra an, sie nach Hause zu begleiten, doch diesmal lehnte sie sein Angebot ab.

In der letzten Woche unterbrach Mia plötzlich die Probe und sagte zum Regisseur, ihrer Meinung nach seien nicht nur Shakespeares Charaktere durcheinandergeraten, sondern auch er selbst. Wer zu wem passe, sei nicht die Arbeit eines Stückeschreibers. Würde Shakespeare heute leben, würde er eine TV-Show zur Partnervermittlung einsetzen.
Obwohl ihr die grüne Strumpfhose prima passte, konnte Mia Pucks Tricks noch immer nicht ordentlich ausführen. Trotz der Anweisungen des Regisseurs lief sie ständig Oberon hinterher.
Einen Moment lang sah es aus, als würde Mia wieder ihren Vorschlag mit der Telenovela anbringen und versuchen, den *Sommernachtstraum* zu stoppen. Sogar San unterstützte Mias Meuterei und gab dem Regisseur unter Protest seinen Rollentext zurück. Seine Seiten waren völlig durcheinander und ich sah, dass er die verschiedenen Stellen, die er immer noch nicht auswendig konnte, mit Marker angestrichen hatte. Der Regisseur versuchte, die Seiten zu ordnen, und vielleicht war es das, was Mia den Mut gab, laut zu rufen: »Warum müssen wir zweieinhalb Stunden dafür sorgen, Pucks Durcheinander aufzuräumen und Titania wieder zurück zu Oberon zu bringen?«
Ich stand eingequetscht zwischen zwei Kulissenteilen, die gerade aus der Kunst-AG angekommen waren. Ein

Plastikbaumstamm drückte mich auf der einen Seite und eine Turnmatte auf der anderen, die für das Blumenbett bestimmt war, auf dem Titania und der Esel liegen würden. Ich hielt meine neuen Ohren in der Hand, die aus einem braunen, kratzigen Stoff gemacht waren.

Ich glaubte, jemanden sagen zu hören: »Es ist nicht Puck, der alles durcheinanderbringt. Der König und die Königin passen nicht zusammen, sogar dann nicht, wenn das Stück aus ist.«

Ich hoffte, es sei Lyra gewesen, die das gesagt hatte, aber sie war in diesem ramponierten Wald noch nicht mal anwesend. Wenn Shakespeare noch lebte, würde ich ihn bitten, das Stück extra für mich zu ändern. Nur die Rolle des Esels nicht.

»Das ist die Rolle, die sie dir gegeben haben? Hast du dich nicht für etwas anderes einsetzen können?«, fragte meine Mutter enttäuscht, und mein Vater sagte: »Lass ihn in Ruhe, es ist doch nur ein Theaterstück.«

Wie Mia zog meine Mutter das Fernsehen dem Theater vor, obwohl sie sich keine Telenovelas anschaute. Sie war süchtig nach Krimis, in denen die Detektive mit einem britischen Akzent sprachen. Mein Vater sagte immer: »Wie kannst du diesen ganzen Quatsch glauben ... nichts davon ist real.«

Ich hätte gern gesagt, dass das Theater vielleicht viel realer sei, doch ich gab ihnen stattdessen die Einladung zur Premiere. Der Direktor hatte sogar den Bürgermeister eingeladen und für ihn einen Ehrenplatz in der Mitte der dritten Reihe reserviert.

Am Abend vor der Premiere träumte ich, die Aula sei leer und der Sommernachtstraum würde in einem Fernsehstudio gespielt. Meine Mutter versuchte, mit der Fernbedienung das Programm umzuschalten, aber sie fand den Kanal mit der TV-Show zur Partnervermittlung nicht.
Im Traum flüsterte ich Lyra, sicher, dass ich gleich meinen Kuss bekommen würde, zu: »Es ist Zeit, aufzuwachen.« Doch die Elfenkönigin öffnete die Augen, sah mich und rannte davon.
»Dein Liebestrank wirkt nicht«, schrie ich Shakespeare verzweifelt zu und wachte bei unangenehmen Saitenklängen auf, die sich mit der Fernsehwerbung mischten.
Ich wollte das ganze Theater nicht mehr. Ich sagte meiner Mutter, ich sei krank, und bat sie, den Regisseur anzurufen und ihm zu sagen, es habe eine schlimme Panne gegeben, die kein Elf reparieren könne und man müsse sofort einen Ersatz für mich finden. Aber meine Mutter machte das Fenster auf, ließ einen breiten Lichtstreifen herein und sagte: »Hals- und Beinbruch, mein Schatz.«
Kurz bevor ich die Bühne betreten sollte, flüsterte ich Shakespeare zu: »Hals- und Herzbruch«, und dann trat ich vor.

Vom Zuschauersaal aus sah die Kulisse wirklich wie ein geheimnisvoller Wald aus. Meine Mutter schwor, dass sogar der Bürgermeister – dritte Reihe Mitte – begeistert geklatscht habe. Es war eine Show voller Leben, gar nicht wie Shakespeare, der schon so lange tot war. Alles glitzerte, die Plastikbäume, die mit Blumen bestreute

Turnmatte, die Kartonflügel der Elfen, die gebogenen Fühler der Kobolde und das vergoldete Band um Oberons Stirn.
San konnte den Text noch immer nicht richtig und brauchte die geflüsterte Unterstützung des Regisseurs. Und als Lyra in Titanias Kostüm die Bühne betrat, reagierte das Publikum begeistert. Ich sah meine Königin nur von hinten, ihre kurzen, rötlichen Haare, die sich im Scheinwerferlicht in feurige Flammen verwandelten, und ihre Schleppe aus raschelndem Zellophan.
Im vierten Akt beugte sie sich endlich zu mir. »Komm, lass uns hier auf Blumenbetten kosen! Beut, Holder, mir die zarte Wange dar: Den glatten Kopf besteck ich dir mit Rosen, und küsse dir dein schönes Ohrenpaar.« Sie zog mich zu sich auf die mit Plastikblumen bedeckte Matte und begann, eine Girlande aus Rosen zu flechten, für mein »schönes Ohrenpaar«.
Doch bevor Titania mich küssen konnte, erschien Oberon auf der Bühne, viel eher als geplant, und rief: »Nein!« Und Puck, sein Echo, fügte mit Mias Stimme hinzu: »Vorsicht, Königin!«
Ich aber hörte Shakespeare, der mich dazu drängte, das Stück zu ändern. Statt in Titanias Armen einzuschlafen, wie im Originaltext, erhob ich mich, warf meine kratzigen Eselsohren weg und meine Lippen berührten ihre. Endlich küsste ich Lyra.
Dieser Kuss wurde im Lokalfernseher wieder und wieder ausgestrahlt. Meine Mutter sagte, es sei viel, viel aufregender gewesen als ein Krimi mit britischem Akzent.

Oberon und Puck setzten das Stück in der richtigen Reihenfolge fort und versuchten in der nächsten Szene, mich wieder in einen Menschen zurückzuverwandeln. Doch ich folgte Shakespeares neuen Anweisungen, ich war es, nicht Puck, dem es gelang, im *Sommernachtstraum* alles durcheinanderzubringen. »Relevant«, wie Sans Vater, der beim Fernsehen arbeitete, es ausdrücken würde.

Ich versprühte den Zaubertrank, der zu plötzlicher Liebe führte, im Publikum, und in dem donnernden Applaus, den ich dafür erhielt, konnte ich sogar hören, wie der Stückeschreiber, der vor vierhundert Jahren gestorben war, mich ermutigte.

Wie zarter Saitenklang.

Als der Vorhang aufging und alle Schauspieler sich verbeugten, trat Lyra einen Schritt nach vorn. Oben auf ihrem Kopf trug sie zwei Eselsohren ...

Ein Liebesbrief

»Didi« war das einzige Wort, das er je zu mir sagte.

Mein Name. So vertraut wie die Haut, die meinen Körper bedeckt, das Selbstverständlichste von der Welt, hörte sich plötzlich ganz anders an. Sein Ton war ruhig. Aber hinter dem Flüstern war etwas anderes, weich und traurig, fast schmerzhaft.
Seine Stimme klang in meinem Kopf nach wie der Soundtrack eines Films, bevor es losgeht. Tal ist groß. Mindestens einen Kopf größer als ich. Mit dichten, kurzgeschnittenen Haaren wie frisch gemähtes Gras. Die Farbe seiner Augen konnte ich nicht sehen, weil ich mich nicht traute, hinzuschauen. Im imaginären Film in meinem Kopf streckt sich meine Hand aus, um Tals Grasbüschel auf dem Kopf zu berühren und zu streicheln.
Didi. Wieder und wieder wiederholen seine Lippen meinen Namen.

Manche Leute sagen, Cupido, der Gott der Liebe, würde frei durch die Welt streifen und seine Pfeile direkt in die Herzen der Menschen schießen, aber ich empfand mich nicht als Zielscheibe. Es war eher so, als wartete ich auf

einen Film und befände mich plötzlich, bevor der Vorhang aufging, in undurchdringlicher Dunkelheit.
Vielleicht ist es so, weil ich ihn in der Foto-AG getroffen habe. Tal ist ein Jahr älter als ich, und wir wollen beide Regisseure werden. Er hofft, Dokumentarfilme zu drehen, und mein Traum ist es, Geschichten von Helden zu produzieren, die schwere Prüfungen überstehen und Schwierigkeiten meistern.
Meine Großmutter sagt, Liebe sei kein Kinofilm. Sie wurde in der Zeit der Stummfilme geboren und kann sich noch daran erinnern, wie es war, als Schwarzweißfilme über die Leinwand flimmerten, mit gekürzten Untertiteln, die man – wenn man wollte – selbst ergänzen musste.
»Oma«, sagte ich, »hilf mir, einen Liebesbrief zu schreiben.« Sie war die Einzige, die ich um so etwas zu bitten wagte.
»Eine SMS?«, fragte sie. Meine Großmutter hat im Seniorenheim einen Computerkurs für Pensionäre mit Auszeichnung bestanden, und sie besitzt das modernste Handy, das man haben kann, eines, mit dem man sogar Filme verschicken kann.
Aber ich meinte einen richtigen Liebesbrief, handgeschrieben auf Papier, mit Worten, die man nicht mit einem Mausklick löschen kann.
Meine Großmutter lachte und sagte, Liebesbriefe seien passé, veraltet und von der Welt verschwunden, zusammen mit Pferden und Kutschen und Nachttöpfen, und sie witzelte sogar, in unserer Familie sei vielleicht ein Fehler passiert und sie und ich hätten die Generation getauscht.
Ich fing an zu drängeln. Weil ich auf der Suche nach ei-

ner Inspiration war, bat ich sie, mir ein paar Liebesbriefe zu zeigen, die mein Großvater ihr geschrieben hatte, als er Mitglied der Jüdischen Brigade war, aber sie ignorierte meine Bitte. Stattdessen sprach sie über die Zeitspanne, die es von dem Zeitpunkt an dauert, in dem ein Brief geschrieben wurde, bis zu dem, in dem der Empfänger ihn las. Sie nannte das »die Brücke der Zeit«, die man sehr langsam und vorsichtig überschreiten müsse, denn darunter befinde sich ein tiefer, gefährlicher Abgrund. Heutzutage, mit den SMS, sei die Zeit zu einem Spalt zusammengeschrumpft, heute könnte man gleichzeitig lieben und geliebt werden. Aber ich war hartnäckig.
Meine Mutter um Hilfe zu bitten, kam nicht in Frage. Ich hatte nie gesehen, dass sie den Kopf meines Vaters berührt hätte, der auch nicht aussah wie frisch gemähtes Gras, denn er war vollkommen kahl. Und mein Vater? Ich kann mir nicht vorstellen, dass er meiner Mutter je einen Liebesbrief geschrieben hat, nicht an meine Mutter und nicht an jemand anderen.

Meine Großmutter und ich saßen auf einer Bank im Seniorenheim. Einmal in der Woche, nach der Foto-AG, besuche ich sie. Sie interessiert sich wirklich für meine Bilder und sieht sofort, wenn ein Foto nicht stimmt ist oder verwackelt ist.
Meine Großmutter ließ sich erst erweichen, mir zu helfen, nachdem ich ihr erklärt hatte, wie mein Name von Tals Zunge gerollt war. Doch sogar dann sagte sie immer noch, sie habe die Beziehung zum Schreiben verloren und ihr Talent, einen Liebesbrief zu verfassen, sei eingerostet.

Warum ich ihm nicht einfach eine SMS schickte? Oder, um eine von ihren trendy Sprüchen zu benutzen, warum nicht drei Herzen texten, das perfekte Piktogramm? Da müsse man nicht ins Detail gehen und brauche auch keine langen Erklärungen. Man legt seine Karten auf den Tisch, wie Cupidos Pfeil, der trifft.

Ich sagte, Cupido sei ebenfalls passé, aber meine Großmutter deutete auf ihre Nachbarn im Seniorenheim, Baruch Cohen und Masal Masus, die sich mit dreiundachtzig plötzlich ineinander verliebt hatten. An ihrem Kühlschrank in der Kochnische hing eine Karte mit der Einladung zu ihrer Hochzeit, die im nächsten Monat stattfinden sollte.

Jeden Abend gehen Baruch Cohen und Masal Masus im Park spazieren, und wenn sie mich und meine Großmutter auf der Bank sehen, stellen sie sich vor meiner Digitalkamera in Pose und bitten mich, sie festzuhalten. Die Fotos werden in einem besonderen Album gesammelt, das sie den Gästen an ihrem Hochzeitstag zeigen wollen.

Meine Großmutter glaubt, dass die Digitalkamera der beste Beweis dafür sei, dass sich »die Brücke der Zeit« so verkürzt habe, dass die Menschen heutzutage nicht angespannt und nervös auf einen Liebesbeweis warten müssten. Doch ich erklärte ihr, in unserer Foto-AG würden wir auch lernen, Filme auf die altmodische Art zu entwickeln.

Iris, unsere Lehrerin, besteht darauf, dass alte Fotos ein ganz bestimmtes Geheimnis enthalten, wie die Kratzer auf Grammophonplatten, und in ihrer AG lernen wir

alle Methoden seit der Erfindung der Fotografie vor über hundert Jahren.
Tal und ich standen vor der Wanne mit einer Lösung, in der die zu entwickelnden Filme schwammen, als er meinen Namen flüsterte. Seine kurzgeschnittenen Haare glänzten im Rotlicht der Dunkelkammer.
Wenn Baruch Cohen im Park nach Masal Masus ruft und sie umarmt, bin ich neidisch. Ich habe bisher nicht gewagt, Tal beim Namen zu rufen, und ständig wird die Szene in dem Film, der in meinem Kopf abläuft, aus jedem nur möglichen Blickwinkel wiederholt. Sie ändert sich die ganze Zeit und nur der Soundtrack bleibt gleich.

In der ersten Unterrichtsstunde zu Liebesbriefen hielt meine Großmutter einen Block mit dem Logo des Seniorenheims in der Hand und sagte: »Fangen wir mit den Augen an.« Sie bat mich, seine Augen zu beschreiben. Ich musste zugeben, dass ich nicht gewagt hatte, in Tals Augen zu schauen, und außerdem sei sowieso alles in der Dunkelkammer geschehen.
Meine Großmutter schrieb: »Wenn du mich anschaust, zittert mein ganzer Körper.«
Das stimmte genau. Er brauchte mich nur anzuschauen, und ich bekam eine Gänsehaut, von den Fußspitzen bis zum Kopf.
Meine Großmutter beugte sich über den Block und schrieb weiter. Plötzlich erinnerte sie sich an etwas, was Großvater ihr geschrieben hatte, als er Soldat war. Ihre Augen waren ihm in jeden Kampf gefolgt, den er in der Jüdischen Brigade ausfechten musste, und er wusste,

dass sie ihn beschützte. Dieser Brief war monatelang unterwegs gewesen. Meine Großmutter hatte damals gespürt, wie die Brücke der Zeit unter ihr schwankte, und sie hatte Angst, in den Abgrund zu stürzen. Als der Brief endlich kam, wusste sie noch nicht einmal, ob ihr geliebter Mann zu diesem Zeitpunkt noch am Leben war.
Ich umarmte sie. Ich vermisste meinen Großvater, der vor drei Jahren gestorben war, ebenfalls sehr. Dann warf ich einen Blick auf ihr Handy, das modernste, das zu haben war, und dachte, vielleicht könnten die Toten ja auch simsen.
Baruch Cohen und Masal Masus gingen hinauf in ihr Zimmer, um sich auszuruhen, und auch meine Großmutter war ein bisschen müde. Sie schickte mich mit Hausaufgaben nach Hause. »In einem Liebesbrief muss man absolut die Wahrheit über sich selbst schreiben, das ist die eine Seite der Brücke«, sagte meine kluge Großmutter. »Man darf sich nicht in Dunkelkammern verstecken und muss dem anderen direkt in die Augen schauen, auch wenn man Angst hat.«
Ich rollte mich auf der Bank in dem leeren Park zusammen. Außer mir waren nur noch ein alter Mann und seine Filipina-Krankenschwester da, er stützte sich auf sie, während sie auf den Eingang zum Seniorenheim zugingen. Ich dachte an meine Mutter und meinen Vater und darüber, dass sie sich schämen würden. Was würden sie sagen, was für Ausdrücke würden sie benutzen ... Was für ein schlechter Film.
Ich hatte Glück mit meiner Großmutter. Sie war immer das schwarze Schaf in der Familie gewesen, jedenfalls

sagte das meine Mutter hinter ihrem Rücken. Manchmal schämt sich meine Mutter ihretwegen. Warum benimmt sich eine einundachtzigjährige Frau nicht so, wie es sich für ihr Alter gehört? Sie sollte froh sein, dass sie noch lebte, statt sich mit so einem Blödsinn wie SMS zu beschäftigen.
Als keine Briefe mehr von meinem Großvater, dem Soldaten, kamen, hatte die Familie versucht, meine Großmutter zu überreden, ihn zu vergessen. Sie waren sicher, dass er gefallen war. Aber meine Großmutter hatte nicht auf sie gehört und weiterhin jeden Tag einen Liebesbrief über das Meer geschickt.
Ich glaube wirklich, dass ihre Liebesgeschichte Stoff für einen großen Film abgeben könnte.
Im Seniorenheim gingen die Lichter an und der alte Mann und seine Filipina verschwanden im Haus. Ich schlenderte über die gepflasterten Parkwege und lauschte auf den Soundtrack, in dem Tal meinen Namen flüsterte.

Ich übte die ganze Nacht, einen Liebesbrief zu schreiben. Jedes Mal sanken die Wörter in einen Abgrund aus Angst. Ich versuchte mir vorzustellen, es wäre ja nur der Clip für einen Film, aber ich schaffte noch nicht einmal die Einleitungszeile.
Tal, du bist der tollste Junge der Welt. Ich wünsche mir, dass du mich liebst.
Die Untertitel rasten durch meinen Kopf, aber das Papier blieb leer.
Vielleicht hat Großmutter Recht und eine SMS ist besser:

drei Herz-Piktogramme, sonst nichts. Auch Cupido wandert nicht mehr mit Pfeil und Bogen in der Welt herum, sondern mit einem Handy.
Statt zu schreiben richtete ich die Kamera auf die Dunkelheit draußen, aber die Dunkelheit in mir selbst war viel größer, und der Soundtrack wurde zum Hintergrund eines Horrorfilms: Schreie, Weinen und Beleidigungen waren alles, was ich hören konnte.
Vielleicht war alles ein Fehler, und Tal hatte in der Dunkelkammer meinen Namen gemurmelt, ohne irgendetwas Bestimmtes zu meinen.
Durch die Wand meines Zimmers konnte ich hören, wie meine Mutter sich herumwarf und mein Vater schnarchte. Wenn ich mich nur vor sie hinstellen könnte und sagen ... Vielleicht konnte ich auch meine Großmutter an meiner Stelle schicken. Sie würde sich schließlich nicht mehr in das weiße Schaf der Familie verwandeln.

»Irgendwelche Fortschritte?«, fragte sie, als ich sie das nächste Mal besuchte.
Ich schämte mich zuzugeben, dass ich Tal die ganze Zeit aus dem Weg ging. Wenn Iris, die Leiterin der Foto-AG, uns in Arbeitsgruppen einteilte, schloss ich mich immer Ronit an, der besten Schülerin der Gruppe und ein Ass in Landschaftsfotografie. Als wir paarweise zusammengestellt wurden, um zusammen hinauszugehen und Naturaufnahmen zu machen, senkte Tal seinen Graskopf. Ich hatte das Gefühl, dass er enttäuscht aussah, weil wir nicht zusammenkamen.
Tal, wenn du deine Linse direkt in mein Herz richten wür-

dest … Du könntest sehen, wie tief dein Pfeil seine Kammern durchbohrt hat.
Hätte ich Begabung zum Schreiben, würde ich genau das in meinen Liebesbrief schreiben.
Meine Großmutter bat mich, nicht aufzugeben. In den ersten Briefen, die mein Großvater ihr geschrieben hatte, war er verlegen und scheu gewesen. Und sie hatte sich Sorgen gemacht, dass übertriebene Offenheit ihre Beziehung zerstören könnte. Sie erinnerte sich an den Anfang ihrer Romanze, als beide vermieden, ehrlich über ihre Gefühle zu sprechen und ihre Hoffnung verbargen, eines Tages zusammenzukommen. »Wir nutzten die Brücke der Zeit zu unserem Vorteil«, meinte sie. »Denn damals, in der alten Welt, war es gut, eine gewisse Distanz zu wahren.«
Deshalb hatten sie Cupido als Vermittler gebraucht.
Hätte damals jemand meiner Großmutter vorausgesagt, dass sie eines Tages in einer Welt der Abkürzungen leben würde, hätte sie ihm nicht geglaubt. Schließlich war sie zur Zeit des Stummfilms geboren, als man alle Liebesworte von den Lippen ablesen, sie erraten oder erfinden musste.
Sie weigerte sich noch immer, mir ihre Liebesbriefe zu zeigen. Als ich sie fragte, ob sie sie in einem geschnitzten Holzkästchen aufhob, mit einem Band zusammengebunden, fing sie an zu lachen und sagte, von heute aus betrachtet sehe alles rosa und romantisch aus, doch damals habe es Liebende gegeben, die es überhaupt nicht schafften, die Brücke zu überqueren, sie waren in sich selbst gefangen, und Cupidos Pfeil war für sie vergiftet.

Meine Großmutter versuchte mich zu überzeugen, dass ich Glück hätte, heute geboren worden zu sein, statt als Kind dunklerer Zeiten. Aber ich verfluchte den schlauen und gedankenlosen mythologischen Gott der Liebe, der uns quälte. Warum schickte er seinen Pfeil, wenn es keine Hoffnung gab? Was hatte er davon? Ich wünschte, ich könnte ihm ein paar Verwünschungen simsen.

Statt der Sammlung ihrer Liebesbriefe von meinem Großvater gab sie mir seine alte Kamera.

Meine Mutter fing sofort an zu meckern. »Wozu brauchen wir so ein altes Ding, das nicht funktioniert?« Doch dann erkannte sie die Kamera, und ich entdeckte eine Träne in ihrem Augenwinkel.

Mein Großvater war vielleicht kein Spitzenfotograf gewesen, bestimmt aber ein Fachmann in Liebesbriefen. Sogar als alles hoffnungslos ausgesehen hatte, hatte meine Großmutter weiter auf ihn gewartet. Und ohne ihre Liebe wäre meine Mutter gar nicht auf die Welt gekommen.

Ich erzählte meiner Großmutter, wie wir, die Foto-AG, auf dem Hügel gestanden und die Landschaft durch die Linse betrachtet hatten. Ronit, die beste der Gruppe, war vollkommen fokussiert. Unsere Aufgabe war es, durch ein Foto etwas zu zeigen, was man mit dem bloßen Auge nicht sieht.

Tal stand ganz allein. Entfernt von den anderen. Mein Herz, durchbohrt vom Pfeil, flog ihm zu. Über die Leinwand in meinem Kopf flimmerte ein ganzer Wust von Worten. Ich hatte nicht gewusst, dass Liebe so wehtun konnte. Wenn es nach mir gegangen wäre, hätte ich ...

Warum war es unmöglich, Cupido in seine mythologische Welt zurückzuschicken?
Ronits aufgeregte Schreie erfüllten die Luft, während sie pausenlos eine Aufnahme nach der anderen schoss. Tal entfernte sich noch ein bisschen weiter. Bald wurde er von einer Baumreihe verschluckt und war nur noch ein schmaler Schatten. Ich richtete die Kamera meines Großvaters auf ihn und drückte auf den Auslöser. Nun gestand ich meiner Großmutter, dass ich noch nicht den Mut gehabt hatte, das Bild zu entwickeln. Wer konnte wissen, was es offenbaren würde ...
Aber ich brachte genug Mut auf, ihm nachzulaufen und seinen Namen zu rufen.
»Tal«, rief ich. »Tal, bleib stehen.«
Er drehte sich um und zum ersten Mal wechselten wir ein paar Worte miteinander.
Inzwischen habe ich Material für viele Filme über Protagonisten, die sich Herausforderungen stellen und Hindernisse überwinden, und auch Inspiration für einen Liebesbrief, selbst wenn ich nicht weiß, ob ich ihn überhaupt noch brauche.
Endlich schaffte ich es sogar, über seinen Kopf mit dem frisch gemähten Gras zu streichen. Er fühlte sich weich und angenehm an, wie ein mit Wildkräutern gefülltes Kissen. Dann berührte Tal meine Hand und flüsterte wieder: »Didi.«
Eine Woche später besuchten wir gemeinsam meine Großmutter. Baruch Cohen und Masal Masus spazierten durch den Park und winkten uns zu. Sie erinnerten mich daran, ja nicht ihren Hochzeitstag zu vergessen, der

immer näher rückte, und Tal und ich versprachen, einen Videofilm von der Zeremonie zu drehen, und sie ihrerseits versprachen, ihre glühende Liebe an kommende Generationen weiterzugeben.
Eines Tages werden Tal und ich die Geschichte meiner Großmutter verfilmen.

Ich weiß, dass man mir Schimpfworte an den Kopf werfen wird. »Homo.« »Schwuler.« »Arschficker.« »Tunte.« Und die schlimmste Kränkung von allen: »Schande für die Eltern.«
Die Liebe zwischen Tal und mir ist nicht selbstverständlich, auch in unseren aufgeklärten Zeiten nicht. Im finsteren Mittelalter hätte man wohl mit Steinen nach uns geworfen oder uns aus der Stadt gejagt oder vielleicht sogar hingerichtet. Zusammen mit Cupido, der immer ein Knabe ist.
Tal stimmte meiner Großmutter zu, es sei gut, dass wir in der heutigen Zeit geboren waren, und dann fügte er hinzu, doch unser eigentliches Glück sei ihre Unterstützung. Und obwohl sie das schwarze Schaf der Familie sei, würde es uns mit ihrer Hilfe vielleicht leichter fallen, die Brücke zu überqueren und unseren Eltern die Wahrheit über uns zu sagen.
Meine Großmutter öffnete ihren Schrank und nahm die Liebesbriefe meines Großvaters heraus. Sie waren weder mit einem roten Band zusammengebunden noch steckten sie in einer kostbaren geschnitzten Schatulle, sie lagen einfach in einer alten, verstaubten Schuhschachtel.
»Nimm sie, Didi«, sagte sie, »nimm sie und sei stolz.«

Liebe für Anfänger

Wie Liebe aufhört, verstand ich plötzlich, als mein Vater und meine Mutter mir mitteilten, dass sie sich trennen würden. Es war wie das Runterfahren des Computers: Ich schaute zu, wie sich ein Fenster nach dem anderen schloss und der Bildschirm dunkel wurde, bis nur noch ein winziger Lichtpunkt zu sehen war, der am Schluss auch verschwand.

Obwohl sie sagten: »Wir werden immer deine Eltern bleiben, wir lassen uns voneinander scheiden, aber nicht von dir«, konnte ich nur an den Moment denken, wie ihre Liebe einmal begonnen hatte, wie der Computer einmal angegangen war, ohne dass jemand ihn überhaupt berührt hatte.

Meine Eltern sagten, sie würden sich immer lieben, doch nicht auf diese bestimmte Art Liebe, und ich nickte und spielte Zustimmung vor. Dann umarmte ich zum letzten Mal beide gemeinsam, und mir war klar, dass ich gemeinsame Sache mit dem Virus machte, der zur Krise ihres Betriebssystems geführt hatte.

Der Tag, an dem meine Eltern mir die Nachricht überbrachten, wird für immer in meiner Erinnerung bleiben, denn es war der Tag, als der Direktor mich rufen ließ und mir mitteilte, ich sei dazu gewählt worden, die Schule beim nationalen Wissenschaftswettbewerb zu vertreten. Mein Traum war wahr geworden. Auf dem Heimweg war ich im siebten Himmel, bis ich sah, dass mein Vater mit einem Koffer in der Tür stand und meine Mutter sich die Tränen abwischte.

»Die Liebe zwischen uns hat einfach aufgehört.« Die Worte meiner Mutter hallten in meinem Kopf wider, wann immer ich meine Schultasche nahm, um entweder bei meiner Mutter oder meinem Vater zu schlafen, je nachdem, wie es abgemacht war.

Nun hatte ich zwei Zuhause und zwei verschiedene Fahrradstrecken zur Schule, und zuweilen fühlte ich mich wie mein eigenes Double. Morgens dauerte es manchmal eine Weile, bis ich wusste, wo ich aufgewacht war, »hier« oder »dort«.

Ich hatte mich noch nicht entschieden, wohin ich meinen Computer bringen sollte. Deshalb nannte ich ihn »Heimatloser Hackmeister«. Weil der Computer mein allerbester Freund auf der ganzen Welt war, hatte er einen Namen. Es ist viel leichter, seinen Schmerz einzutippen und dann auf »löschen« zu drücken, als sein Herz einer lebenden Person auszuschütten, denn wenn man Wörter erst einmal ausgesprochen hat, kann man sie nicht mehr zurücknehmen.

Jeder in unserer Klasse für Hochbegabte wusste es, und einige versuchten, mich zu trösten.

»Eine Scheidung?«, sagte Gil 304, unser Mathegenie, der ebenfalls für den nationalen Wissenschaftswettbewerb ausgewählt worden war. »Das ist das Normalste von der Welt und deine Eltern sind einfach nur Teil der Statistik.«

Der Einzige in unserer Hochbegabtenklasse, dessen Eltern noch verheiratet sind, ist Tom 48.
Trotz ihres Namens ist Tom 48 ein Mädchen, und jedesmal, wenn ein neuer Lehrer kommt und die Namen der Schüler aus dem Klassenbuch vorliest, nimmt er an, sie sei ein Junge und spricht sie auch als Jungen an. Tom ärgert sich darüber nicht. Im Gegenteil, es amüsiert sie, denn in ihren Augen bedeutet es, zwei Identitäten gleichzeitig zu haben, das ist ein klarer Vorteil. Sie verwischt absichtlich die Grenzen, damit ihr Gegenüber zweimal überlegen muss, wer sie ist.
Auch Tom 48, unsere Expertin für Astronomie, wurde für den nationalen Wissenschaftswettbewerb ausgewählt. In der Klasse sprachen wir kaum miteinander, aber wir schickten uns E-Mails, besonders abends, wenn sie an ihrem Teleskop saß. Ich machte dann immer im Betreff klar, in welchem meiner beiden Zuhause ich mich gerade aufhielt.
Natürlich war mein Benutzername Hackmeister, allerdings ohne jede zusätzliche Zahl, denn außer mir gab es keinen Hackmeister im Netz, und der echte Hackmeister wanderte mit mir von einem Zuhause zum anderen, wie ein Schildkrötenpanzer. Obwohl beide, sowohl meine Mutter als auch mein Vater, angeboten hatten, mir einen neuen Computer zu kaufen, damit ich in jedem Haus einen hätte, zog ich es vor, meinen guten alten Hackmeister zur Seite zu haben.
Statt mich auf den Wettbewerb vorzubereiten und alle neuen Programme upzudaten, machte ich eine Suchmaschine auf und tippte »das Ende der Liebe« ein. Die

Treffer enthielten einige Wörter mit den schlimmsten Beleidigungen, wie zum Beispiel »Hurensohn« oder »Betrüger« oder »Irrer« und »emotionaler Erpresser« – und zwar für beide, sowohl femininum als auch maskulinum. Der einzige Satz, der zu meinen Eltern passte, war »du bist ein anderer geworden«. Ich überlegte, ob das Ende einer Liebe vielleicht so etwas war wie die Suchen-Ersetzen-Funktion in einem Programm.
Der Wissenschaftswettbewerb war das Einzige, das meine Mutter und meinen Vater noch vereinte. Mein Vater versprach sogar, sich in seiner Anwaltskanzlei freizunehmen und mich zum Wettbewerb zu fahren, und meine Mutter erklärte, sie würde das Ganze mit der Videokamera dokumentieren, »für spätere Generationen«. Vor lauter Aufregung bemerkten sie gar nicht, dass sie wieder zusammen sein würden, wenn auch nur für eine kurze Zeit.
Gil 304 wollte, dass wir Tag und Nacht übten. Er wollte unbedingt das Jerusalemer Naturwissenschaftliche Gymnasium schlagen, denn wir Tel Aviver hatten bereits die letzten fünf Jahre hintereinander verloren. Es war an der Zeit, die Trophäe aus den Judäischen Hügeln ans Mittelmeer zurückzuholen.
In der Schule wurden wir »Langweiler« genannt, aber wir hatten längst aufgehört, deswegen beleidigt zu sein. Tom 48 war das Ziel aller möglichen verbalen Kränkungen, zum einen, weil sie ein Mädchen mit dem Namen eines Jungen war, doch vor allem wegen ihres Hobbys, dem Beobachten ferner Galaxien, was in den Augen der anderen Schüler ein extrem absonderliches Hobby war. Eines Nachts wird sie einen Stern entdecken, der dann nach

ihr benannt werden wird. In ihren E-Mails erzählte sie mir, dass sich die Sterne ständig entfernen und gleichzeitig näher kommen und dass auf der Himmelskarte nichts selbstverständlich sei. Einmal hatte Tom 48 sogar beides gesehen, den Anfang und das Ende eines Sternenlebens.
Gil 304 traf sich mit ihr an ihrem Teleskop, und er lud sich sogar an Abenden ein, an denen Wolken den Blick auf die Sterne verhinderten, das hatte ich noch nie gewagt. Vielleicht würde Hackmeister nach dem Wettbewerb den Mut aufbringen, für mich eine E-Mail mit einer diesbezüglichen Bitte zu schreiben.
Ich war sehr niedergeschlagen. Gemeinsam beschlossen Hackmeister und ich, das Team zu verlassen. Ich plante sogar einen Rücktrittsbrief, den mein bester Freund in meinem Namen an die ganze Welt schreiben sollte. Wir starteten eine Suche, die weniger als ein paar Sekunden dauerte, und fanden einen Text auf einer Website für das Schreiben formeller Briefe.
»Lieber Herr Direktor, ich bedanke mich für das Vertrauen, das Sie in mich gesetzt haben, aber zu meinem großen Bedauern bin ich nicht in der Lage, am Wettbewerb teilzunehmen ...« Bla-bla-bla.
Ich war begeistert. Es war ein gut formulierter Schluss. Ich schickte eine Kopie an Tom 48 und freute mich, dass sie nicht antwortete.
Es gab siebenundvierzig »Toms«, die sich vorher im Netz eingetragen hatten. Ich weiß nicht, ob diese Liste noch andere Mädchen enthält. Für mich ist sie die Einzige, ich wünschte nur, ich wäre mutig genug, ihr das auch zu sagen.

Es gibt irgendein bösartiges Virus, das das ganze Betriebssystem der Liebe zerstört. Wenn diese Frage unsere Aufgabe für den Wissenschaftswettbewerb wäre, würde ich gern daran teilnehmen, aber die Liebe wird nicht als geeignetes Thema für eine wissenschaftliche Arbeit angesehen, so wie etwa Physik oder Mathematik, obwohl es jede Menge Studien darüber gibt. Alle Links zu *Ende der Liebe* und *Beginn der Liebe* würden sogar den perfektesten Hackmeister zusammenbrechen lassen.
Mein Hackmeister fand Links zu Websites, die hießen *Wie fängt man an* und *Wie hört man auf*, aber auf die Frage, *Warum endet eine Liebe*, fand ich im Netz keine Antwort.
Gil 304 spekulierte, Liebe sei vielleicht wie eine unendliche Zahl, deshalb würden alle Berechnungen versagen. Nach Gils statistischer Analyse ist die Chance, irgendein solides wissenschaftliches Prinzip für die Liebe zu finden, praktisch null.
Tom 48 glaubt, dass Liebe vielleicht einfach verdampfe, wie Gas, oder in sich selbst zusammenbricht wie ein schwarzes Loch. Schließlich entschied sie, dass das Einzige, womit man Liebe vergleichen könne, der Urknall sei.
Und ich, obwohl man mich für einen Computer-Freak hielt – hatte gedacht, Liebe habe vielleicht etwas mit Chemie zu tun und mit Substanzen, die das Gehirn produziert, aber nichts floss zwischen meinem Vater und meiner Mutter, als meine Eltern mir mitteilten, sie würden sich trennen.
Mein Vater hing an dem Koffer, den wir für unsere Fami-

lienurlaube benutzt hatten und der noch immer mit Stickern von allen möglichen Flughäfen der ganzen Welt beklebt war, und meine Mutter versteckte ihre Augen hinter einem Küchenhandtuch.

Ich fühlte mich überhaupt nicht mehr als hochbegabtes Kind. Eher wie ein Idiot. Wieso hatte ich die Anzeichen nicht erkannt? Schließlich waren die Icons auf der Leiste deutlich erkennbar: die Schweigeperioden. Die vielen Abwesenheiten meines Vaters mit der Ausrede, er müsse lange arbeiten. Seine häufigen Flüge ins Ausland. Das Tuscheln meiner Mutter mit ihren besten Freundinnen oder die Art, wie sie sich stundenlang in ihrer Praxis für Traumapatienten einschloss. Die Traurigkeit, die in den Zimmern hing.

Keine chemischen Substanzen flossen zwischen ihnen, als ich das Haus betrat und sah, dass sie auf mich warteten. Es war eine große Leere.

Ich erinnere mich, dass ich das Gefühl hatte, zu ersticken.

Als mein Vater und der Koffer das Haus verlassen hatten, rannte ich ihm nach. Er schob den Koffer mit Gewalt in den Kombi, der jetzt so voll war, dass er den Kofferraum kaum zubekam. Ich wollte ihm helfen, aber mein Vater sagte: »Er ist zu schwer.« Ich spürte, dass meine Mutter uns vom Fenster aus beobachtete, die Augen voller Tränen halbverdeckt vom Küchenhandtuch. So sah also das Ende einer Liebe aus. Das war es, was ich Hackmeister mitteilte. Es ist leichter, den Schmerz einzutippen, obwohl die Taste »Entfernen« ihn nicht wirklich ausradiert.

Am Abend, nachdem ich meine Teilnahme am Wettbewerb zurückgezogen hatte, hörte ich Hackmeisters Klingelton, der eine neue Mail anzeigte.
Ich sprang aus dem Bett. Wieder einmal wusste ich nicht, in welchem der beiden Häuser ich mich befand.
Es war die Kopie einer Nachricht an Gil 304 wegen der ersten Übung am nächsten Tag. Ich wollte die Mail schon löschen, als plötzlich eine neue auf dem Bildschirm erschien.
»Ohne dich wird es nicht dasselbe sein«, unterschrieben mit Tom, ohne eine zusätzliche Zahl. Hackmeister legte diese Mail in einem speziellen Ordner ab, für den wir noch keinen passenden Namen gefunden hatten.
Am Tag darauf, als ich dem Direktor mitteilte, ich würde ins Team zurückkehren, grinste er nur wie ein Smiley und sagte: »Das fliegende Ei – das ist euer Thema beim Wettbewerb«, und er wünschte dem Team viel Erfolg.

»Ohne dich wird es nicht dasselbe sein.«
Toms Worte wärmten mein Herz wie die Strahlen einer aufgehenden Sonne. Ich tippte den Satz in allen möglichen Schriftarten, und ich hatte das Gefühl, Hackmeister sei ebenfalls glücklich. Meiner Meinung nach können Computer Glück empfinden. Ich entdeckte sogar an meinen Eltern ermutigende Anzeichen, aber vielleicht lag das ja nur an dem bevorstehenden Wettbewerb.
Die Teammitglieder zerbrachen sich die Köpfe über das Thema.
Unsere Aufgabe war, ein rohes Ei aus achtzehn Metern

Höhe auf einen harten Untergrund fallen zu lassen, ohne dass es zerbrach.
Wie sollten wir es verpacken? Was für eine Art Einwickelmaterial sollten wir benutzen, um das Ei beim Aufprall zu schützen? Die Schiedsrichter würden genau aufpassen, dass keiner beim Wettbewerb ein hartgekochtes Ei nehmen würde.
Außerdem musste das Gewinnerteam die schnellste Abwurfgeschwindigkeit erreichen.
Gil 304 und Tom – die für mich jetzt einfach Tom war, ohne jede Zahl – warfen mit Ideen um sich:
»Wir werden den ältesten Fallschirm wiederbeleben – eine Art viereckiges Taschentuch –, entdeckt von Leonardo da Vinci, dem größten Wissenschaftler, der je gelebt hat.
Wir werden das Ei in Luftpolsterfolie packen.
Wir werden eine Plastikschaumverpackung vorbereiten.
Wir werden dem Ei Flügel ankleben.
Wir werden es an einen Ballon hängen.
Wir werden es mit Schichten aus gekautem Kaugummi abpolstern.
Wir werden es mit Zuckerwatte polstern.
Wir dürfen nicht vergessen, dass auch der winzigste Sprung in der Schale unser Team disqualifiziert.
Die Schwerkraft ist ein verdammtes Problem. Wenn wir die Schwerkraft überwinden könnten, dann ...«
Die Hintergrundgeräusche waren wie ein Bildschirmschoner.
Tom, wollte ich zu ihr sagen, ich weiß schon, wie es endet, und ich habe zu viel Angst, um anzufangen.

Schließlich suchten wir unser glückliches Ei im Mini-Markt gegenüber der Schule. Es waren Bio-Eier, und wenn man dem glaubte, was auf dem Karton stand, von Hennen gelegt, die mit hundert Prozent natürlichen Körnern gefüttert wurden, ohne jeden chemischen Zusatz.
Tom sagte, alle Eier würden genau gleich aussehen. Ihre Augen funkelten blau, als wir einen Karton nach dem anderen aufmachten. Sie war unschlüssig, ob wir wirklich alle Eier herausnehmen sollten, um sie sorgfältig zu betasten. Ich glaube, das lag an der Astronomie, denn Sterne lassen sich nur von weitem beobachten, man kann sie nie anfassen.
Das blaue Licht aus ihren Augen blendete mich. Ich musste mich die ganze Zeit daran erinnern, was wir im Mini-Markt eigentlich wollten.
Ich sagte mir, ich suche ein unzerbrechliches Ei.
Gil 304 sagte, der Wettbewerb sei doch nur ein Trick, die Nummer eines Magiers, und so sehr wir uns auch bemühten, kämen wir doch gegen die Gesetze der Natur nicht an. Das Ei würde mit absoluter Sicherheit fallen, erklärte er wie Galileo Galilei.
Tom verkündete, Ziel der Übung sei es, das Ei intakt zur Erde zurückzubringen, mit einem Minimum an Beschädigung, genau wie ein Raumschiff. Wir müssten uns die Naturgesetze auf unsere Seite holen. Dann lächelte sie mir zu. Nun hatte ich das Gefühl, dass das blaue Leuchten auf ihren Lippen lag. Ich warnte mich davor, mit der Liebe anzufangen. Schließlich wusste ich bereits, wie es endete.
Die ganze Zeit musste ich daran denken, wie meine Mutter ihre Augen hinter einem Küchenhandtuch versteckt

hatte, und wie mein Vater mit einem Koffer das Haus verlassen hatte.

Der Verkäufer vom Mini-Markt wurde ungeduldig, weil wir uns nicht entscheiden konnten, wo es doch nur um ein Ei ging. Am Schluss kaufte Gil 304 einen ganzen Karton, »nur zur Sicherheit«.

Als wir in der Schlange vor der Kasse standen, flüsterte Tom mir zu: »Weißt du, dass Nationen schreckliche Kriege geführt haben wegen des Streits, ob man ein gekochtes Ei an der Spitze oder unten aufmacht?« Und sie fügte hinzu: »Steht alles in *Gullivers Reisen*.«

Das war ein Buch, das ich nie gelesen hatte. Ich nahm meinen Mut zusammen und fragte Tom, ob sie es mir mal leihen würde. Vielleicht würde mir der Riese Gulliver bei der Entscheidung helfen, auf welchem Ende unser Ei landen sollte. Als meine Mutter mich danach fragte, antwortete ich, die Entscheidung sei noch nicht gefallen.

Es war meine Aufgabe, im Internet nach dem idealen Verpackungsmaterial für unsere Aufgabe zu suchen, und Toms Aufgabe war es, sich den physikalischen Prinzipien zu widmen, vor allem den Prinzipien der Schwerkraft.

Mein Vater sagte, früher habe man das »Anziehungskraft« genannt. Alle Körper würden voneinander angezogen und zugleich abgestoßen.

In einer E-Mail an mich selbst erklärte ich Hackmeister, ich hätte endlich das Prinzip entdeckt, das Liebe aktiviert. Aber die Tatsache, dass es ein Prinzip gab, hieß nicht, dass ich es je verstehen würde.

Am Tag des Wettbewerbs wusste ich nicht, mit wem ich fahren sollte. Am Ende entschieden meine Eltern, gemeinsam zu fahren und ersparten es mir, wählen zu müssen. Sie waren sehr höflich zueinander. Mein Vater öffnete sogar die Autotür für meine Mutter, und alle zehn Kilometer machte er sich die Mühe zu fragen, ob sie Durst habe. Sie ihrerseits erklärte ihm, wie die Videokamera funktionierte und bot sogar großzügig an, sie ihm einmal für eine seiner Festivitäten zu leihen.

Sie waren wie zwei Fremde, die sich zum ersten Mal treffen. Ich hatte mich nie erkundigt, wie sie sich wirklich getroffen hatten und wer von ihnen mit dem anderen angefangen hatte.

Ich hielt unser fliegendes Ei, das unser Team mit großer Mühe präpariert hatte, gut fest und betete, es möge unterwegs nicht kaputtgehen. Auf dieser Fahrt verstand ich endgültig, dass die Verbrüderung meiner Eltern nur ein vorübergehender Zustand war. Sie würden nie mehr zu einem gemeinsamen Leben zurückkehren, und es würde mir nicht gelingen, ihre Liebe wieder auf den richtigen Weg zu bringen.

Wir standen oben auf dem Turm des Weitzmann-Instituts und drehten an der Wetterfahne, an die wir einen kleinen, mit Salzwasser gefüllten Beutel gehängt hatten. Darin schwamm unser glückliches Bio-Ei, gelegt von einer Henne, die nie im Leben eine chemische Substanz zu sich genommen hatte.

Ich erinnere mich an den Moment vor dem Fallenlassen. Ich schaute aus der Höhe des Turms hinunter und spürte ein Schwindelgefühl. Der Gong ertönte, und ich wurde von einer Art Lähmung gepackt. Gil 304 wurde ungeduldig. Er schrie mich an, diese Verzögerung würde uns teuer zu stehen kommen und es wäre meine Schuld, wenn das Team verlor. Plötzlich fühlte ich, wie eine warme Hand nach meiner griff und mir half, zu entscheiden.

»Tom«, sagte Tom – sie nannte mich zum ersten Mal bei meinem richtigen Namen. »Tom, hab keine Angst«, und wir ließen unsere Konstruktion gemeinsam fallen.

Das Ei drehte sich in der Luft. Die Flügel der Wetterfahne über ihm bildeten einen Baldachin, und ich war wie hypnotisiert davon, wie sich die Fahne im Wind bewegte. Als flattere ein Schmetterling zur Erde. Tom hatte die Wetterfahne in allen Blautönen angemalt, die sie auftreiben konnte. Sie hatte sogar ein besonderes Blau erfunden, das es in der Realität gar nicht gab.

Obwohl das Ei sehr schnell fiel, kam es mir vor, als bewege es sich in Zeitlupe. Wir bekamen den ersten Preis nicht, die Trophäe wanderte nicht aus den Bergen zum Meer. Wir mussten uns mit einem Trostpreis zufriedengeben, weil das Team des Naturwissenschaftlichen Gymnasiums fünf Sekunden schneller war als wir.

Die Schiedsrichter prüften das Ei sorgfältig und erklärten, es sei wirklich heil gelandet, aber ich war mir nicht sicher, ob die Schale nicht doch einen leichten Sprung bekommen hatte.

Gil 304 weinte vor Enttäuschung und schwor, wir würden das Jerusalemer Team beim nächsten Wettbewerb schlagen, und ich beruhigte mich erst, als ich hörte, wie er den Verlust statistisch analysierte.

Auf der Heimfahrt waren meine Mutter und mein Vater sich vollkommen einig in dem Versuch, uns zu trösten. Tom saß neben mir auf dem Rücksitz und zwischen uns lag das fliegende Ei. Es war wunderbar, wie sie mir »Tom« ins Ohr flüsterte. Ich hoffte, Hackmeister würde nicht eifersüchtig werden, weil ich in Zukunft meine Probleme einem lebenden Menschen gegenüber laut aussprechen würde, und ich nahm mir fest vor, alle Gedanken darüber, wie Liebe endet, auf später zu verschieben.
Zumindest bis zum nächsten Wettbewerb.

Mondspaziergang

Es gibt Freundschaften, die beginnen in einem magischen Moment und explodieren mit einem lauten Knall, wie Feuerwerkskörper. Andere wachsen langsam heran, blühen plötzlich auf wie Kirschblüten und verwelken dann schnell. Aber die Freundschaft zwischen mir und Arik war einfach vererbt, denn sein Vater und mein Vater waren beste Freunde. Eigentlich waren sie wie Brüder, denn keiner von beiden hatte einen richtigen Bruder.

Unsere Väter waren zusammen in Europa aufgewachsen, in einem kleinen Dorf an einem großen Fluss, der zwei Länder trennte, sie hatten die Schulbank miteinander geteilt, waren gemeinsam zur Zionistischen Jugendbewegung gegangen und hatten sich sogar vor den Nazis zusammen in der Dachkammer eines zerbombten Hauses versteckt. Sie hatten sich auch nicht getrennt, als sie nach Palästina fuhren, mit einem Schiff voller illegaler Einwanderer, das von den Briten aufgebracht wurde. Und am Schluss hatten sie sogar zwei beste Freundinnen geheiratet, deren eine meine Mutter ist.

Arik und ich wurden im Abstand von einem Jahr geboren und bekamen sogar ähnliche Spitznamen. Ich wurde Orik genannt – eine Koseform von Liora – und er Arik,

eine Koseform von Arie. Nur in den Klassenbüchern der Schule standen unsere richtigen Namen. Er lebte in Beer Sheva, im Süden Israels, und ich in Tel Aviv.
Unsere Väter hatten immer alles gemeinsam getan – außer sterben, denn Ariks Vater ging eines Abends schlafen und wachte nicht mehr auf.

Am Morgen der Beerdigung weckte meine Mutter mich früh und ließ mich schwören, diesen Tod geheim zu halten.
»Arik weiß es nicht«, sagte sie, »und du darfst es ihm nicht sagen.«
Mein Vater stand neben ihr und sagte kein Wort. Sein Gesicht war vollkommen grau, aber seine Augen blieben trocken. Ich beruhigte mich damit, dass Erwachsene eben nicht weinen, ich begriff damals nicht – und wollte es vielleicht auch nicht begreifen –, dass mein Vater seinen besten Freund nie mehr sehen und er nie wieder einen besten Freund haben würde.
Meine Mutter sagte: »Arik wird während der sieben Trauertage bei uns wohnen und du wirst dich mit ihm vergnügen wie immer und mit ihm spielen wie immer.« Dann fügte sie hinzu: »Du brauchst nicht in den Mathesommerkurs zu gehen, ich sage deinem Lehrer Bescheid.«
Ich schwor, den Mund zu halten, und insgeheim dankte ich Ariks totem Vater für dieses großartige Geschenk: die Befreiung von den verhassten Mathestunden, die mir zur Bedingung gemacht wurden, um versetzt zu werden.
Bevor sie das Haus verließen, sagte meine Mutter: »Denk daran, Orik, das ist die Probe für eure Freundschaft.«

Mein Vater schwieg noch immer, doch ich hatte das Gefühl, er sei bei dem Wort »Freundschaft« zusammengezuckt. Aber das war etwas, woran ich mich erst Jahre später erinnerte.

Wir waren ganz allein. Zwei Kinder in einer leeren Wohnung, ohne einen Erwachsenen, der uns sagte, was wir tun sollten und wie. Wir konnten uns zum Frühstück mit Eis am Stiel vollstopfen und unsere Zähne erst mittags putzen. Wir konnten die verhassten Mathematikhefte auf den Balkon werfen und die Möbel so umstellen, dass sich die Wohnung in ein Raumschiff verwandelte. Ich brauchte Arik nicht zu fragen, was er werden wollte, wenn er mal groß war, denn er träumte seit eh und je davon, Astronaut zu werden. Von morgens bis abends liefen wir im Pyjama herum. Wir übten Pfeifen und gingen unserer Nachbarin Bronka auf die Nerven, die immer zwischen zwei und vier ein Nickerchen machte.
Es waren die schönsten Ferien, die man sich vorstellen konnte, und das Einzige, was störte, war das Geheimnis. Aber Arik war so glücklich, dass es mir manchmal vorkam, als würde ich mir das Geheimnis nur einbilden. Er glaubte, seine Eltern seien auf einer Reise und würden in einer Woche mit einem besonderen Geschenk wiederkommen.

In der ersten Nacht konnte ich nicht einschlafen. Ich drehte mich von einer Seite auf die andere, während Arik friedlich neben mir auf dem Klappbett schlief. Ich war erleichtert, dass er vor mir eingeschlafen war, denn ich war

nicht sicher, ob ich das Geheimnis nicht aus Versehen im Schlaf verraten würde.
Es war das erste Mal, dass ich das Zimmer mit einem Jungen teilte. Wenn das die anderen Mädchen in meiner Klasse gewusst hätten ... Ich beobachtete Ariks friedliches Gesicht und statt Schäfchen zu zählen, zählte ich Atemzüge. Diese Prüfung in Rechnen hätte ich spielend bestanden.
Der Mond spähte durch unser Fenster, ein großer Fleck, der sein Licht in das Zimmer warf, was »Kinderzimmer« genannt wurde, obwohl ich damals noch das einzige Kind war.
»Du siehst, ich kann ein Geheimnis bewahren«, sagte ich fast stolz zum Mond, aber der gelbe Fleck im Fenster schwieg wie mein Vater.

Am zweiten Tag schlenderten wir durch die Straßen von Tel Aviv und Arik staunte, wie grün hier alles aussah, ganz anders als bei ihm in der Wüste. Er erwähnte sein Zuhause überhaupt nicht. Auch ich vermied das Wort »Papa«, und jedes Mal, wenn ich mich bemühte, den Gedanken von mir zu schieben, schwoll das Geheimnis in mir an wie ein dünner Mond, der immer voller wird.
Ich gab mir große Mühe, ihn auszuknipsen.

Wir liefen am Ufer des Yarkon entlang. Damals führte der Fluss noch viel Wasser und war voller Fische, aber es gelang uns nicht, mit unserer improvisierten Angel – einem Zweig, an dem wir einen Faden aus dem Nähkorb meiner Mutter befestigt hatten – welche zu fangen. Ich

gab schnell auf, aber Arik war geduldig, er versuchte mit den Fischen zu reden und er versprach ihnen ein herrliches Leben außerhalb des Wassers. In diesem Moment sah ich Pua und Zila, die Zwillinge aus meiner Klasse, die vom Sommerkurs in Mathematik zurückkamen, und versteckte mich schnell hinter einem Eukalyptusbaum.
»Was ist los, Orik?«, fragte Arik. »Wovor hast du Angst?« Und der gelbe Fleck fing wieder an zu flackern.

Am nächsten Tag gingen wir zum Reading-Strand, wo sie schon damit begonnen hatten, die großen Schornsteine für das neue Kraftwerk zu bauen. Deshalb war der Strand menschenleer, abgesehen von den zwei üblichen Schwimmern, die sogar im Winter kamen, um zu schwimmen. Wind schlug uns entgegen und sprühte uns Salz in die Gesichter. Ich leckte mir die Lippen, sie hatten den Geschmack getrockneter Tränen.
Arik streckte sich im feuchten Sand aus und schaute mit offenen Augen hinauf zum Himmel. Einen Moment lang sah es aus, als wolle er etwas fragen, und mein ganzer Körper fing an zu zittern, doch er sagte nur: »Wie schade, dass man den Mond am Tag nicht sehen kann. Manchmal scheint er überhaupt nicht zu existieren, bis es Nacht wird.«
Ich sagte, es gebe ja vielleicht einen einzigartigen Moment, in dem der Mond schon aufgegangen, die Sonne aber noch nicht untergegangen sei, und dann würden sich die beiden Freunde zum letzten Mal treffen, vor der endgültigen Trennung.
»Wenn ich Astronaut bin«, erklärte Arik, »werde ich mir

genau diesen einzigartigen Moment zwischen Licht und Dunkelheit wählen und so die beiden Freunde versöhnen.« Er lachte, und ich korrigierte ihn nicht, ich sagte nicht, dass sie an dieser erzwungenen Trennung gar nicht schuld waren.

Arik lachte auch in der Nacht – diesmal im Schlaf. Obwohl mir alles wehtat vor Müdigkeit, hielt ich mich zurück, um nicht vor ihm einzuschlafen. Ich zog die Rollläden herunter, aber der gelbe Fleck schaffte es trotzdem, durch die Ritzen zu dringen.
»Neugieriger Mond, was geht dich das an?«, flüsterte ich. »Verrate mir doch dein Geheimnis: Wie schaffst du es, nach einem Monat so perfekt rund zu werden?«
Wieder lachte Arik ins Kissen, mit geschlossenen Augen, und ich fragte mich, ob er je wieder lachen würde, wenn er wüsste, was ich wusste.

Jeden Morgen, wenn ich die Augen aufmachte, zählte ich laut die Tage. Arik glaubte, ich tue das, weil ich traurig war wegen der Zeit, die schon vorbei war, und sagte, er ziehe es vor, an die Tage zu denken, die noch vor uns lagen. »Auf etwas Gutes zu warten ist sogar noch besser als die Sache selbst«, sagte er und fing an zu pfeifen.
Bronka, die Nachbarin, hämmerte an die Tür und schrie: »Es ist eine Schande, man darf Kinder nicht allein lassen, ganz ohne jede Aufsicht!« Sie drohte sogar, die Polizei zu benachrichtigen. Arik öffnete die Tür und lud sie ein, einzutreten. Er erklärte ihr, Kontrolle sei eine wesentliche Aufgabe bei der Raumfahrt – eine Frage von Leben und

Tod –, weil es die einzige Verbindung der Astronauten mit der Mutterstation sei. Er schlug ihr sogar eine Schulung in Houston, Texas, vor, wo man die Apollo 11 gerade losschicke.
Bronka schrie auf Jiddisch: »Verrückte Kinder« und knallte die Tür zu.

Nur ihretwegen kam Arik auf die Idee zu trainieren. Schließlich musste sich ein Astronaut an ein Leben ohne Schwerkraft gewöhnen. Deshalb rollten wir über den Boden, sprangen in die Luft, hoben die Beine in allen möglichen seltsamen Verrenkungen und versuchten, an den Wänden hochzugehen. Arik versuchte mir zu beschreiben, wie das Zimmer von der Decke aus aussehen würde, und ließ seiner Phantasie freien Lauf.
»Denk dran, Orik, auch wenn du nur ein kleiner Punkt bist, werde ich immer wissen, wo du bist und werde dir von oben zuwinken.«
Ich fragte: »Woran werde ich dich erkennen?«
»Such neben dem Mond«, sagte Arik. Und er versprach, in Zukunft dürften Astronauten auch ihre Freunde mit ins All nehmen. Ich schwieg. Ich war nicht sicher, ob er in drei Tagen noch immer mein Freund sein wollte.
Er sagte: »Mein Vater hat es mir versprochen …« Es war das einzige Mal, dass er seinen Vater erwähnte. An den Rest des Satzes kann ich mich nicht erinnern.

An den folgenden Tagen wurde ich zu einer perfekt geschulten Astronautin. Arik brachte mir bei, dass man im All getrocknetes Speiseeis in Pulverform isst und dass man sich vor dem Schlafen angurtet, damit man nicht im Raum herumschwebt und an die Decke prallt.

Ich überlegte, wie es wohl passieren konnte, dass ein Mensch schlafen ging und nicht mehr aufwachte. Diese Frage quälte mich, und plötzlich hatte ich das Gefühl, sie würden gleich zurückkommen und sagen, alles sei nur ein Irrtum gewesen. Ariks Vater hätte einfach zu tief geschlafen und sei jetzt erst aufgewacht.

Ich schaffte es sogar, für einen Tag das Geheimnis zu vergessen, und den gelben Fleck schob ich von mir fort, damit er irgendwo im fernen All herumschwebte. Als hätte ich ihn eingefroren ... wie gefriergetrocknetes Zeit-Speiseeis.

Die ganze Wohnung war durcheinandergebracht, nur unsere Betten standen noch an ihrem Platz. Arik hatte mich gebeten, mit ihm zu tauschen, und jetzt schlief er unter dem Fenster, näher dem Himmel.

Ich sagte: »Ich wünschte, ich hätte einen Bruder.«

Und Arik sagte: »Ein Astronaut muss sich daran gewöhnen, allein zu sein. Wenn er im All ist, kommt es ihm vor, als wäre er ganz allein auf der Welt.«

Aber es kommt ihm nur so vor, dachte ich. Aber ich sprach es nicht aus.

In der sechsten Nacht kam der Fleck zurück und machte sich in mir breit, schneller als jedes Raumschiff im All. Das Wort »Geheimnis« hatte die Bedeutung von »Lüge« bekommen.

Was für eine Freundin bist du, Orik, wenn du deinen besten Freund anlügst?

»Entschuldige, Arik«, sagte ich. Und dann fiel mir erst auf, dass ich laut gesprochen hatte.
Plötzlich war Arik so wach, als hätte er nicht geschlafen: »Mit wem sprichst du, Liora?«
Es war das erste Mal, dass er mich mit meinem richtigen Namen ansprach.
Wir hielten uns zwischen den Betten an den Händen und schliefen wieder ein.

Das alles geschah in jener Trauerwoche, und zufällig war es auch die Zeit, in der der erste Mensch auf dem Mond landete. Am siebten Tag war niemand am Fluss, und sogar die beiden Schwimmer, die sonst immer zum Reading-Strand kamen, tauchten nicht auf. In allen Wohnungen saßen die Leute am Radio und hörten sich die Live-Übertragung an. Unsere Nachbarin Bronka hatte schon einen Fernseher, aber auf ihrem Bildschirm war nur Schnee zu sehen. Obwohl wir in der unaufgeräumten Wohnung den Transistor nicht gefunden hatten, hörten wir, wie Neil Armstrong, ein richtiger Astronaut, aus allen Fenstern sprach. Eine undeutliche Stimme überwand die Entfernung und sagte: »Das ist ein kleiner Schritt für einen Menschen, ein riesiger Schritt für die Menschheit!« Ich hoffte nur, er würde nicht von dort herunterfallen, und wusste nicht, ob es die Erde war, die zitterte, oder ich.
Als sie Arik abholten, drückte ich den Zettel fest an mich, auf den meine Mutter für den Mathematiklehrer geschrieben hatte: »Liora konnte aus familiären Gründen nicht zum Unterricht kommen. Wir bitten um Entschuldigung.«

Ich habe nie erfahren, wie sie Arik beibrachten, dass sein Vater die längste Reise der Welt angetreten hatte, eine, von der er nie zurückkommen würde. Wir haben nie über jene sieben Tage gesprochen, die wir allein in einer leeren Wohnung in Tel Aviv verbracht hatten. Doch sie standen immer zwischen uns, wie jener einzigartige Moment zwischen Dunkelheit und Licht, oder andersherum.

Die Zeit blieb nicht stehen und Arik wuchs heran, aber er wurde kein Astronaut. Er lebt noch immer in Beer Sheva, und ich zog durch die Welt und kehrte am Schluss nach Hause zurück, nach Tel Aviv, und noch immer kann ich keine Mathematik.

Es wird Leute geben, die behaupten, unsere Freundschaft habe die Prüfung nicht bestanden, aber für mich wird sie immer wie das Mondlicht sein – ein Strahlen aus großer Entfernung.

Am Ende des siebten Tages legte ich mich angezogen ins Bett. Auf der anderen Seite der Wand hörte ich jemanden Weinen. Es war mein Vater. Ich hielt mir die Ohren zu und vergrub den Kopf im Kissen, aber das Weinen drang zu mir durch. Auch meine Mutter weinte, obwohl sie nicht ihre beste Freundin verloren hatte.

Die ganze Nacht lang beobachtete ich den gelben Fleck im Fenster. Das Licht nahm allmählich ab und ich wusste, dass es bald ganz verschwunden sein würde, ohne dass ich es ausknipsen musste. Ich vergrub mich in der Dunkelheit und dachte: Jemand geht auf dem Mond spazieren.

Ein schüchterner Typ

Ich werde als einsamer alter Mann enden und noch immer Jungfrau sein.

Das sagte ich immer wieder zu meiner Mutter und zu Adli. Ich bin der schüchternste Junge, den ich kenne. Vielleicht der schüchternste von der ganzen Welt. Ich habe keine Ahnung, wie man den ersten Schritt macht, ich schaffe es nicht, mit Mädchen anzufangen, und wenn es so weitergeht, sollte meine Familie am besten gleich aufhören, auf Nachkommenschaft zu hoffen.

Wenn ich vor dem Spiegel stehe, bin ich manchmal ganz zufrieden mit dem, was ich sehe. Mein Spiegelbild – das, wie alle sagen, nicht real ist, weil ich mich seitenverkehrt sehe – zeigt einen normalen Jungen. Zwei Augen, zwei Ohren, eine Nase und ein Mund, und alles mehr oder weniger an der richtigen Stelle. »Ein süßer Bengel«, wie meine Urgroßmutter Chassida sagt, die neunundneunzig ist und im Jerusalem des vorigen Jahrhunderts geboren wurde. Aber das sagt sie auch über Shimon Perez.

Meine Augen sind beides, blau und grün, das hängt davon ab, was für ein Hemd ich zufällig anhabe, und ich habe ein Lächeln, das nach Ansicht meiner Mutter Herzen erobert. Aber sie ist natürlich befangen. In ihren Augen bin ich nicht weniger als Humphrey Bogart – ein Filmstar, den sie bewundert, trotz der Tatsache, dass er schon lange tot ist –, und sogar wenn ich so bucklig wäre wie der Glöckner von Notre Dame, würde sie mir zu Ehren eine Website anlegen. Wenn ich morgens zur Schule gehe, steht sie in ihrem abgetragenen T-Shirt oben auf der Treppe – mit der Werbung für den Filmklassiker *Casablanca* – und verkündet, sie könnte sich auf den ersten Blick in mich verlieben, nur wegen meines Lächelns. Aber wenn ich vor dem Spiegel stehe, sehe ich zwei hervorstehende Hasenzähne, die drohen, das Glas zu zerbrechen.

»Ein Lächeln ist eine ultimative Geheimwaffe«, sagt meine Mutter. Das ist ein weiterer Spruch aus einem abgenutzten Schulratgeber, der noch andere Klischees enthält, zum Beispiel: »Das Herz hat nur vier Kammern, aber endlos viel Platz«, oder: »Schönheit liegt im Auge des Betrachters.«

Was soll ich sagen? Meine Mutter ist eine unverbesserliche Romantikerin, und wenn *Casablanca* zum millionsten Mal wiederholt würde, säße sie sofort mit einer Packung Papiertaschentücher vor dem Fernseher.

Wenn ich vor dem Spiegel Lächeln übe, hellt sich mein Gesicht mit Leichtigkeit auf. Doch wenn ich vor einem Mädchen stehe, verzieht sich mein Mund wie ausgekauter Kaugummi und irgendwo tief in mir explodiert ein Lächeln und verpufft. Ich möchte mich so gern verlieben und wiedergeliebt werden.

Die Auswahl ist riesengroß: Da ist einmal Dana vom Capoeira-Club, die jahrelang Radschlagen geübt hat und deren

Bewegungen aussehen, als katapultiere sie sich schwerelos durch den Raum. Dann gibt es Leli, die hinten in der Klasse sitzt, in der letzten Bank, ein Schmetterlingstattoo auf der Schulter hat und in Algebra die schlechteste Schülerin der Klasse ist. Ganz zu schweigen von Schunit, unserer siebzehnjährigen Nachbarstochter, die nur mit Soldaten und Studenten ausgeht und mich im Aufzug noch nicht mal grüßt. Es gibt noch weitere, zum Beispiel die mit dem katzenartigen Körper, die ich immer im Bus sehe, wenn ich zur Schule fahre, die aber zwei Haltestellen vor mir aussteigt. Und die Verkäuferin im Schreibwarenladen, mit Lippen, die aussehen wie mit einem Pinsel gemalt, und einem kleinen Diamantenpiercing im linken Nasenflügel ...
Für diese Mädchen bin ich durchsichtig. Ich existiere gar nicht.

Meine Mutter sagt: »Hör mal, Liad, ein bisschen Mut könnte nicht schaden, du solltest dir etwas von Adli abschauen.«
Ehrlich gesagt, ich würde lieber einem Rudel hungriger Wölfe gegenüberstehen, als zu versuchen, ein Mädchen anzusprechen, denn wenn man so etwas auf dem falschen Fuß anfängt, kann man sich leicht zum Narren machen. Ich bin ein vorsichtiger Typ, im Gegensatz zu meinem Cousin Adli, der, obwohl acht Monate älter als ich, so etwas wie mein Zwillingsbruder ist. Adli hat eines Tages eine CD mit seinem Liebesgedicht an Alona geschickt, die so alt ist wie wir, aber in unsere Parallelklasse geht. Sie ist auf der Stelle hingeschmolzen und hat zugestimmt, mit ihm ins Kino zu gehen.

Adli und ich sind seit unserer Geburt unzertrennlich. Ich erinnere mich nicht an ein Leben ohne ihn; meine Mutter und ich sind Teil seiner Familie geworden, nachdem mein Vater nach Australien gezogen ist. Ich sehe ihn nur auf Fotos, die er zu Pessach schickt, und meine neuen Schwestern Stefanie und Melanie, die auf der anderen Seite der Erdkugel geboren wurden, kenne ich überhaupt nicht.

Adli ist einen Kopf größer als ich, ist im Basketballteam der Schule, spielt ausgezeichnet Gitarre und ist der beste Backgammonspieler unseres Jahrgangs, und obwohl wir Cousins sind, sind wir sehr verschieden. Nur unsere neunundneunzigjährige Urgroßmutter Chassida schafft es, uns zu verwechseln, und das liegt nicht daran, dass ihre Augen aufgrund ihres Alters nachgelassen haben. Sie behauptet, unser Aussehen würde in die Irre führen, innerlich seien wir so unterschiedlich wie Jakob und Esau.

Sogar unsere Namen sind aus den gleichen Buchstaben gebildet. Das liegt daran, dass seine Mutter und meine Mutter sich so nahestehen, dass sie uns schon vor unserer Geburt miteinander verbinden wollten, als wir noch im Mutterbauch waren.

Adli und ich sind eigentlich wie Katze und Maus: Wir streiten, wir sticheln, wir telefonieren zehnmal am Tag, wir gehen uns gegenseitig auf die Nerven, wir kämpfen miteinander und ziehen uns auf, und doch können wir nicht ohne einander leben. Und seit Alona zugestimmt hat, mit ihm ins Kino zu gehen, fühlt er sich sehr erwachsen und sehr erfahren und versucht nun die ganze Zeit, mir beizubringen, wie man ein Mädchen anmacht.

Zum Beispiel schlägt er folgende Sätze vor: »Ist dein Vater Gärtner? Wie hätte er sonst eine so schöne Blume wie dich hervorbringen können.«

»Wann bist du vom Paradies heruntergekommen, du Engel?«

Aber ich kann mir nicht vorstellen, Dana vom Capoeira-Club gegenüberzustehen und so etwas zu sagen, obwohl ihre Bewegungen manchmal an Engelsflügel erinnern, oder an eine Blume, die sich im Wind wiegt. Auch Leli mit dem Schmetterlingstattoo könnte leicht ein Engel sein, aber es besteht bestimmt keine Chance, dass ich sie mit so einem Anfang für mich begeistern könnte. Eher würde sie schreiend davonlaufen und sagen, ich sei wohl vollkommen übergeschnappt.

Auch die Methoden meiner Mutter sind komplett unmodern, wie meine Urgroßmutter Chassida sagt. Einen Strauß Rosen oder einen parfümierten Brief zu schicken oder Serenaden unter ihrem Fenster zu singen – sogar im Kino bringt man so etwas nicht mehr. Ich bezweifle, dass Humphrey Bogart damals Ingrid Bergman auf diese Art umworben hat, obwohl ich zugeben muss, dass ich es nicht weiß, denn Schwarz-Weiß-Filme sind nicht meine Sache. Sogar meine Mutter hat ihre altmodischen Methoden aufgegeben und surft inzwischen stundenlang im Netz, um mit der JDate-Website virtuell einen Liebhaber zu finden. Mein Vater hingegen hat seine neue australische Freundin bei einer Tagung von Zoologen gefunden. Ich weiß nicht, wer mit wem angefangen hat, vielleicht hat das Känguru vermittelt und ihnen geholfen, die Schüchternheit zu überwinden, schließlich ist mein Vater über den halben Erdball gereist, um seltene Tiere zu erforschen, und nicht zurückgekommen. Seither nennt mich meine Mutter »mein kleines Beuteltierchen« ...

»Anmachen ist, als wäre man auf einem anderen Planeten«, sage ich zu Adli. »Wir brauchen jemanden, der uns klare Anweisungen gibt, damit wir keinen Fehler machen und uns im Weltall verlaufen.«

Meine Urgroßmutter Chassida hatte es leichter. Als sie jung war, war die Welt ein ordentlicher Ort mit klaren Regeln, die auch jene hoffen ließ, die so schüchtern waren wie ich. Wenn ich Erziehungsminister wäre, würde ich »Verabredungen treffen« als Pflichtfach in der Schule einführen. Ich sehe schon vor mir, wie ein Lehrer mit herzförmigen Anstecknadeln auf der Brust komplizierte Graphiken auf die Tafel malt und uns nachsitzen lässt. Urgroßmutter Chassida behauptet, dass es früher die Pflicht eines jeden Vaters war, seinen Söhnen alles beizubringen, was sie über die Liebe wissen mussten. Aber mein Vater ist zu weit weg, um mir irgendetwas beizubringen.

Und nach allem, was ich von seinem Umgang mit Frauen weiß, bin ich mir überhaupt nicht sicher, ob ich etwas von ihm lernen will. Und außerdem war es bei den beiden meine Mutter, die den ersten Schritt gemacht hat. So steht es jedenfalls in dem Fotoalbum, das sie zwischen den Büchern in ihrem Arbeitszimmer versteckt hat.

Adli sagt: »Du musst dich verstellen. Du musst tun, als wärst du nicht zu haben.«

Er ist sicher, dass diese perfekte Technik Dana und Leli neugierig machen würde. Sogar dem Mädchen im Bus mit diesem geschmeidigen, katzenartigen Körper würde der stille, geheimnisvolle Junge auffallen, der immer mit ihr fährt, und sie würde beschließen, ihn zu fragen, wo er aussteigt. Und wer weiß, vielleicht würde sogar Schunit, meine sexy Nachbarin, mich endlich im Aufzug grüßen.

Doch wenn ich insgeheim versuche, hart zu wirken, die Rolle des ernsthaften, bedeutungsvollen Schweigers zu spielen, scheine ich vollkommen von ihrem Radar zu verschwinden, dann ist es, als hätte ich mich in Millionen kleiner Punkte auf einem kaputten Bildschirm aufgelöst. Dann ist alles, was ich höre, mein Herz, das wie ein verwundetes Känguru in mir klopft ...

»Liad, hör doch auf, dir selbst leidzutun«, sagt Adli. »Mädchen mögen keine weinerlichen Jungen. Sie wollen, dass ein Kerl stark und entschlossen ist, empfindsam, aber nicht sentimental. Einen, der Liebe zeigen kann, aber keinen Softie. Einen, der seine Karten auf den Tisch legt, aber nie im Leben weint. Das sind die Kerle, nach denen Mädchen auf den Dating Portals suchen.«

Meine Mutter ist einmal mit einem Mann ausgegangen, den sie über das Internet kennengelernt hatte. Als sie zurückkam, sah sie genauso aus wie Adli, als er von seinem Kinobesuch mit Alona zurückgekommen war.

»Wie war's?«, fragte ich meine Mutter.

»Es ist nicht der Beginn einer wunderbaren Freundschaft«, antwortete sie.

Ich dachte, sie wäre verrückt geworden. Erst am nächsten

Morgen fand ich heraus, dass es ein Zitat aus *Casablanca* war, nur umgekehrt.

Ich möchte, dass sich ein netter Typ mit meiner Mutter verabredet. Jemand, der sich mit ihr Schwarz-Weiß-Filme ansieht und ihre Tränen mit seinem Finger abwischt, statt mit einem Papiertaschentuch. Ich möchte nicht, dass er ein Zoologe ist, der nach seltenen Tieren forscht, und ganz bestimmt will ich nicht, dass er aus Australien kommt.

Was, wenn meine Mutter gewusst hätte, dass mein Vater uns verlassen würde? Dann hätte sie vielleicht gar nichts mit ihm angefangen, aber dann wäre ich auch nicht geboren worden.

Eine arrangierte Hochzeit. Vielleicht ist das die effizienteste Methode. Wie gern würde ich einen Heiratsvermittler damit beauftragen, diesen unangenehmen Job für mich zu erledigen.

Meine Urgroßmutter Chassida wäre fast auf diese Art verheiratet worden. Sie hatte einen Anbeter aus New York, der jeden Morgen und jeden Abend an ihrem Haus vorbeilief. Und wenn sie das Haus verließ, zog er seinen schwarzen Hut und machte eine so tiefe Verbeugung, als wäre sie die englische Königin.

Die Eltern meiner Urgroßmutter waren sehr beeindruckt von diesem Anbeter mit den guten Manieren, aber sie blieb ihm gegenüber gleichgültig. Der Heiratsvermittler in Jerusalem versuchte sie zu überreden und erzählte ihr, ihr Anbeter stamme aus einer hochangesehenen Familie und sei der Besitzer einer sehr erfolgreichen Mat-

zenfabrik in Amerika. Aber Urgroßmutter Chassida hatte ein Auge auf einen armen, dünnen jungen Mann von der Jeschiwa geworfen, dessen Eltern weder reich noch berühmt waren. Sie hatte einfach seine angenehme, melodische Stimme gehört, wenn er in der Synagoge betete und sie hinter dem Vorhang im Frauenabteil saß. Sie hatte meinen Urgroßvater noch nie zu Gesicht bekommen, als sie sich in ihn verliebte.
Ich sagte zu Adli, ich hoffte nur, dass das romantische Gen unserer Familie mich überspringen würde.

Adli verbrachte eine ganze Woche, um sich auf seine Verabredung mit Alona vorzubereiten. Er wechselte Hemden und Hosen und probierte, ob die Farben zusammenpassten, er änderte seine Frisur, schmierte Gel in die Haare und konnte nicht entscheiden, welchen Film sie anschauen sollten. Meine Mutter war natürlich für eine romantische Komödie, das sei es, was Mädchen mögen, aber Adli entschied sich anders und kaufte Karten für einen Horrorfilm. Er hoffte, Alona würde sich in der Dunkelheit fürchten und nach seiner Hand greifen. Ich wünschte ihm Glück, und er versprach, mir in der Pause eine SMS zu schicken, wenn er Popcorn kaufen ginge.
»Du kommst auch noch an die Reihe«, versicherte mir meine Mutter.
Ich wartete den ganzen Abend, aber keine SMS kam.
Ich war so enttäuscht wie der amerikanische Bewunderer wegen der Zurückweisung meiner Urgroßmutter, der Jerusalem verließ und nach New York zurückkehrte. Seine Matzenfabrik wurde die berühmteste der Welt. Sogar

wenn kein Pessach ist, verkauft der Supermarkt am Ende der Straße diese Marke. Vielleicht liegen sie auch in Australien in den Regalen, obwohl ich mir gar nicht sicher bin, dass mein Vater dort drüben Pessach überhaupt feiert.
Wenn meine Urgroßmutter ihren reichen Bewunderer geheiratet hätte, wäre ich Amerikaner. Während ich vergeblich auf die SMS von Adli wartete, übte ich auf Englisch, wie man Mädchen anmacht.
»What's up baby?«
»Your eyes don't tell me your name.«
Vielleicht ist es in einer fremden Sprache leichter, den ersten Schritt zu machen.
Dann schlief ich ein und träumte, ich würde von einem Koala umworben, einem hässlichen, trägen Tier, das nur in Australien lebt. Im Traum rannte ich vor dem Tier davon und versuchte, zu Fuß nach Israel zu kommen, und während der ganzen Zeit beleidigte mich der Koala auf Hebräisch.
Ich zwang mich aufzuwachen, etwas, was ich zu tun gelernt habe, wenn ich einen Alptraum habe. Ich habe auch gelernt, von einem Traum in einen anderen zu wechseln, als würde ich eine andere Diskette in mein Soundsystem einlegen. Der gewählte Traum zeigte Dana vom Capoeira-Club, Leli mit dem Schmetterlingstattoo auf der Schulter, das geheimnisvolle katzenähnliche Mädchen aus dem Bus und meine sexy Nachbarin Schunit. Sie alle flirteten mit mir, und ich stand nur wie gelähmt da. Erstaunlich, sogar im Traum bin ich die schüchternste Person von der Welt.
Am Morgen rief Adli an und sagte, die Verabredung sei ein Reinfall gewesen. Bei der schrecklichsten Szene des

Films sei Alona einfach eingeschlafen. Er saß allein in der Dunkelheit und wartete darauf, dass der Film endlich aufhörte.
Obwohl unsere beiden Mütter versuchten, Adli zu trösten, fühlte er sich vielleicht noch schlechter als ich. Beide Mütter dachten, er habe sich vielleicht in die Liebe verliebt und nicht in Alona, deshalb versprachen sie ihm all die Dinge, die Erwachsene so großzügig versprechen, wenn es um die Liebe geht. Überflüssig zu sagen, dass sie Enttäuschungen, Missverständnisse und Verletzungen auslassen. Wie kann Liebe beides sein, eine Quelle des Vergnügens und des Elends? Überwältigende Freude und große Traurigkeit? Bedeutet Sichverlieben ein Glück, das zu Leiden führt, oder leidet man erst und wird dann glücklich? Ich bin völlig verwirrt und habe auch ein bisschen Angst. Wie kann Liebe beides sein, das eine und das Gegenteil?
Meine Mutter spricht nie über meinen Vater, und ich vermeide es, Australien zu erwähnen, und sei es auch nur zufällig.
Melanie und Stefanie – vielleicht werden meine fremden Schwestern einmal zu Besuch nach Israel kommen.

Im Capoeira-Club schlug Dana ein perfektes Rad. Alle standen um sie herum und klatschten. Sie schien durch die Luft zu schweben wie eine Blume, deren Blütenblätter sich öffnen und langsam wieder schließen.
Plötzlich – ich habe keine Ahnung, wie es passierte – stand ich Dana gegenüber. Und die Worte rutschten mir heraus: »Eine Blume im Wind, das bist du.«
Hätte ich vorher gewusst, was ich tun würde, hätte ich

bestimmt den Mund zugemacht und wäre für immer stumm geworden. Zu meiner Überraschung lachte Dana, ein Lachen voller Freude. Es rollte und rollte auf echte Capoeira-Methode. Mein Herz hüpfte wie ein glückliches Känguru, sie hatte mich wirklich in der Tasche.

Abends fand ich meine Mutter, wie sie dasaß und die DVD mit *Casablanca* anschaute, in ihrem abgetragenen T-Shirt, das eine Million Mal gewaschen war und irgendwie überlebt hatte. Ich legte mich zu ihren Füßen auf den Teppich, neben die Kleenexbox, und sah zum ersten Mal, wie sich Humphrey Bogart von Ingrid Bergman verabschiedete. Das war ein richtiger Mann – alles andere als schüchtern. Er verzichtete edelmütig auf sein Glück, um das Leben der Frau, die er liebte, und ihres Mannes zu retten, denn der arme Humphrey hatte sich in eine verheiratete Frau verliebt. Das war etwas, was er nicht kontrollieren konnte.
Wie die Spur eines hell scheinenden Sterns rollten Ingrid Bergmans Tränen über ihre Wangen. Weil uns der Bildschirm trennte, konnte ich ihr kein Taschentuch anbieten. Und dann drehte sie Humphrey Bogart den Rücken zu und schritt auf das Flugzeug zu, das von Casablanca aus in die Freiheit fliegen würde, ohne ihn.
Alles andere als ein Happy End.
Meine Mutter sagte, es gebe eine kolorierte Fassung des alten Films, aber sie ziehe die schwarz-weiße vor. Sie sagte auch, wir müssten früh schlafen gehen, weil Urgroßmutter Chassida am nächsten Tag ja ihren hundertsten Geburtstag feiern würde. Wir alle – eine riesige Familie mit

romantischen Genen, die sich von Generation zu Generation vererben – würden zu der Feier nach Jerusalem fahren. Auf der Glückwunschkarte für meine ewig junge Urgroßmutter schrieb ich, wie glücklich ich sei, dass sie nicht den Anbeter mit der Matzenfabrik geheiratet hatte und wie froh, dass ich nicht in Amerika geboren wurde. Wie hätte ich sonst Dana kennengelernt?
Was die Fortsetzung des Familienstammbaums betreffe, müsse sie sich keine Sorgen machen. Ich würde nicht als alter, einsamer und jungfräulicher Mann sterben.
Das »Schüchternheitsgen« hätte ich offensichtlich von ihr geerbt, doch auch sie habe am Ende die wahre Liebe gefunden.

Ich drückte ein paarmal die Fernbedienung, aber das Bild des Nebels über Casablanca blieb hartnäckig stehen, als weigere sich der Film, sich zu verabschieden. Die Box mit den Kleenex flackerte in der Dunkelheit. Sie war jetzt ganz leer, obwohl ich nicht sicher war, dass meine Mutter sich wirklich ausgeweint hatte. Endlich schaffte ich es, den DVD-Player auszumachen, gerade als meine Mutter sagte: »Wer weiß, vielleicht hat Humphrey Bogart ja eine neue Liebe gefunden. Wir müssen einfach glauben, dass irgendwo eine Liebe auf uns wartet und gleich ein Rad für uns schlägt.«
Auf dem Gesicht meiner Mutter lag die Andeutung eines Lächelns. Wie jemand, der alles weiß oder gar nichts. Ich warf die leere Kleenexbox in den Papierkorb, ging ins Bett und bestellte mir einen glücklichen Traum.

Der Fallschirmspringer auf dem Zaun

Die folgende Geschichte spielt 1936, vor der Gründung des Staates Israel, als das Land noch Palästina hieß und britisches Mandatsgebiet war. Es waren stürmische Zeiten. Der Streit über das Schicksal des Landes bedrohte das nachbarliche Zusammenleben zwischen Juden und Arabern und beide Völker teilten sich den Hass gegen die Briten, die sie als Feinde betrachteten. Die Zeit der Gewalt hatte begonnen.

Jahre später bedauerte Jakovle noch immer, dass er den Zeitpunkt der Landung verpasst hatte. Als er beobachtete, wie die Nachbarn aus ihren Häusern stürmten, erkannte er, dass ihm der spektakulärste Moment geraubt worden war.

Nur Tamara, seine Schwester, hatte den Aufprall gehört, deshalb sprang sie mit weit aufgerissenen Augen von ihrem Stammplatz in der Küchenecke auf und rannte hinaus. Jakovle wollte ihr folgen, aber sie rannte an ihm vorbei, als wäre sie gerade aus einem Traum erwacht, auf die offene Tür zu. Jakovle hörte, wie seine Schwester auf Zehenspitzen über die verzierten Bodenfliesen lief und wusste, dass im Dorf etwas Außerordentliches passiert war.

»Es ist ein Geschenk Allahs!«, rief Fatma, ihre arabische Haushälterin, die seit siebzehn Jahren bei der Familie arbeitete, seit Tamaras Geburt. Im Hinterhof stiegen aus der großen Blechwanne, die zum Wäschewaschen diente, Dampfwolken auf, und Fatma stützte sich auf die große Holzstange, die ihr zum Rühren der Wäsche diente, und klatschte in die Hände. Wegen ihrer lauten Begeisterung verpasste Jakovle den Moment des Aufpralls. Jahre später bildete er sich ein, zumindest die Vibration der Fliesen gespürt zu haben, aber vielleicht war das nur ein Produkt seiner wilden Phantasie.

»Ein Fallschirmspringer ist auf dem Zaun gelandet!«

»Ein Engländer baumelt am Baum hinter der Milchkammer.«

Aus der Entfernung war das Gesicht des jungen Mannes nur ein flimmernder weißer Fleck im Mangobaum. Jakovle interessierte sich nicht besonders für die Gesichtzüge des Fallschirmspringers, er konzentrierte sich auf die Uniform. Nie in seinem Leben hatte er eine Militäruniform von so nahem gesehen. Der Junge war auch fasziniert von der seltsamen Haltung des Mannes, dessen Körper in der Luft zwischen Himmel und Erde hing, seine ordentlich gebügelten Hosen sahen nicht aus, als hätten sie beim Fallen irgendwie gelitten. Jakovle starrte mit weit aufgerissenem Mund die Orden des englischen Fallschirmspringers an, die in der Sonne glitzerten, und hoffte, er würde bald auch noch einen Blick auf seine Pistole werfen können.

»Es ist unhöflich, jemanden mit offenem Mund anzustar-

ren«, schimpfte seine Schwester Tamara. »Er ist ein Lord, weißt du. Da bin ich mir ganz sicher.«
Jakovle verstand, dass sie Angst hatte, er würde einen seiner Flüche ausstoßen. Die anderen Kinder sammelten Kaugummipapier oder Papierservietten, aber Jakovle sammelte Flüche und Verwünschungen in allen Sprachen, die er aufschnappen konnte.
»Ich muss ein höflicher Feind sein«, sagte sich Jakovle. Und obwohl Tamara ihm befohlen hatte, sich fernzuhalten, musste er einfach näher hingehen. Er würde allen Kindern im Dorf sagen können, dass er die Pistole des Soldaten wirklich berührt hatte. Das würde ihm viel mehr Respekt einbringen als ein Fluch.
Der englische Fallschirmspringer tat alles, um freizukommen, aber es gelang ihm nicht. Je mehr er strampelte, umso fester verhakten sich die Seile des Fallschirms im Zaun und in den Zweigen des Mangobaums. Der Fallschirmspringer gab nicht auf. Er versuchte, sich aus der hölzernen Falle zu befreien, aber der Rucksack auf seinem Bauch hatte sich zwischen zwei Zaunlatten festgeklemmt, und seine Anstrengungen erinnerten Jakovle an eine Ameise, die versuchte, sich aus einem Spinnennetz zu befreien. Kein Mitleid, sagte er sich, mit einem Feind braucht man kein Mitleid zu haben. Einen Feind muss man bis zum bitteren Ende bekämpfen. Das sagte Jehuda Lerner immer, der mit Tamara in eine Klasse ging und heimlich in sie verliebt war.
Wenn ich groß bin, will ich auch ... Aber was heißt das eigentlich, bis zum bitteren Ende bekämpfen? Ist das eine Art Fluch?

Der Fallschirmspringer blutete. Er war nun von Menschen umringt, die nicht wagten, näher hinzugehen. Arie-Lejb Lerner, der Besitzer der größten Orangenplantage des Dorfs, murmelte etwas vor sich hin. Falls das ein Fluch war, hatte Jakovle ihn ebenfalls verpasst. Tatsächlich war Arie-Lejb Lerner die Quelle für die besten Flüche in Jakovles Sammlung, doch in diesem Moment erinnerte sich der Junge nur an eine Verwünschung auf Ladino, die er von Matilda, Arie-Lejbs Frau, aufgeschnappt hatte: »Möge dein Glücksstern herunterfallen«, hatte sie einmal mitten in einer stürmischen Auseinandersetzung gerufen, so laut, dass man es im ganzen Dorf hören konnte.

Was für eine Art Stern ist hier heruntergefallen?, fragte sich Jakovle. Eine leichte Brise blähte den Fallschirm auf. Vorsichtig löste der Engländer eine der Schnüre und dann lächelte er plötzlich. Aus dem Kreis, der um ihn herumstand, war Tamara herausgetreten, aufrecht, und ihre nackten Füße berührten den schlammigen Boden unter dem Mangogehölz. Sie streckte die Hand aus, als wolle sie den jungen Mann zum Tanz auffordern, und sagte mit klarer Stimme: »How do you do?«

Dann, mit einer einzigen schnellen Bewegung, zog sie ihn sicher auf die Erde. Der Engländer verbeugte sich. »My Lady«, sagte er mit äußerster Höflichkeit. Seine hohen Stiefel waren schmutzverschmiert und sein weißer Seidenfallschirm war inzwischen von einem ganzen Haufen Mangoblätter bedeckt. Auf seiner Uniform breitete sich jetzt schnell ein roter Fleck aus.

»Er ist ein Feind!«, zischte Jehuda Lerner, der jüngere

Sohn von Arie-Lejb und Matilda, »du darfst ihm nicht zu nahe kommen.«

Aber Tamara ignorierte die Warnung ihres Klassenkameraden; sie nahm den Fallschirmspringer fest an der Hand und führte ihn den gepflasterten Pfad entlang zum Haus.

Jakovle rannte ihnen hinterher. Von weitem konnte er sehen, dass das Blut des Engländers auf seine Schwester tropfte, aber sie machte sich nicht die Mühe, es abzuwischen. Der englische Fallschirmspringer und Tamara traten über die Schwelle, den Fallschirm hinter sich herziehend wie ein erlegtes Tier. Bevor Jakovle den Stoff berühren konnte, fiel die Tür schon ins Schloss. Er drehte sich um. Der Zaun war unbeschädigt, als wäre überhaupt nichts passiert. In diesem Moment entdeckte Jakovle die ersten reifen Mangos der Saison und hoffte, dass der Feind sich keine ihrer süßen Früchte gepflückt hatte. Wieder war Fatma zu hören, diesmal aus dem Inneren des Hauses, die Allah für sein »Geschenk« pries. Doch kein Fluch drang an Jakovles Ohren. Obwohl er die größte Flüchesammlung von ganz Palästina sein eigen nannte, wusste er nicht, welcher zu einem Fallschirmspringer passte, der vom Himmel gefallen war.

Im Jahr 1936 war das Dorf von Angst erfüllt. Doch trotz des hundertneunundsiebzig Tage dauernden arabischen Generalstreiks versäumte Fatma keinen einzigen Arbeitstag in ihrem Haus. Andere Araber im Dorf schlossen sich der Aktion an, sie gaben ihrem Ärger gegen die britischen Herrscher Ausdruck und protestierten gegen die Fortsetzung der jüdischen Einwanderung in Palästina. Doch Fatma fuhr fort, die Wäsche der Familie in der großen Wanne im Hinterhof zu waschen und Baby Herzls Windeln, die wie frische Milch strahlten, an die Wäscheleine zu hängen. Obwohl Machmud, Fatmas ältester Sohn, sich weigerte, in Arie-Lejb Lerners Orangenplantage zu arbeiten und Jehuda deshalb die Schule verlassen musste, um seinem Vater bei der Ernte zu helfen.

Baby Herzl schrie. Jahre später konnte sich Jakovle noch immer an das unaufhörliche Geschrei aus dem Zimmer hinten im Haus erinnern, als verlange Baby Herzl, an den Ereignissen beteiligt zu sein. An jenem Tag hob Fatma ihn aus dem Bettchen, wiegte ihn hin und her und flüsterte ihm ins Ohr: »Ein Mann ist vom Himmel gefallen.«

Die Küche war strahlend hell. Das sei der Nachteil dieser Küche, behauptete die Mutter immer. Wenn man einen Krug Milch auch nur kurze Zeit stehenlasse, würde die Milch sofort sauer. Jakovle liebte diesen Teil des Hauses, wo es immer warm war, sogar im Winter. Doch auf seinem Stuhl hatte jetzt der Fallschirmspringer Platz genommen, und sein verletzter Arm blutete auf ein Küchenhandtuch. Bevor Jakovle zu dem Engländer sagen konnte, dass dies sein Stuhl war, hatte ihn Tamara schon losgeschickt, um ein altes Betttuch zu holen, das sie in lange Streifen schnitt. Obwohl sie noch immer barfuß war, hatte sie kein bisschen Schmutz ins Haus gebracht.

Fatmas Angebot, ihr zu helfen, wurde prompt abgelehnt. »Ich werde mich um ihn kümmern«, verkündete Tamara nachdrücklich und legte eine Hand schützend auf

die Brust des Fallschirmspringers. Jakovle wurde nervös. Diese Gebärde Tamaras gefiel ihm überhaupt nicht.
Dann drückte Fatma Jakovle das Baby in den Arm und ging hinaus, um auf dem Feld ein paar Heilkräuter zu sammeln. Als sie zurückkam, überbrühte sie sie in einem Topf mit kochendem Wasser und zeigte Tamara, wie man einen Verband anlegte.
Der Engländer fühlte sich unbehaglich.
»Sie brauchen sich wirklich nicht so viel Mühe zu machen, my Lady«, sagte er leise zu Tamara. »Es ist nur ein kleiner Kratzer von Ihrem Zaun.«
»Wie kannst du verstehen, was diese Engländer sagen?«, fragte Fatma verwundert. »Mein Machmud sagt, es lohnt nicht, sich dafür anzustrengen, sie werden sowieso bald von hier verschwinden.« Und zu Jakovle gewandt, fügte sie leise hinzu: »Wir jagen sie mit Fußtritten hinaus.«
Der Junge hatte von Fatma einen saftigen Fluch erwartet, den er vielleicht in seine Sammlung aufnehmen könnte, aber es war keiner gekommen. Er verstand nicht, warum sie überhaupt Heilkräuter für einen Mann gesammelt hatte, den sie eigentlich mit Fußtritten vertreiben wollte.
Mit gleichmäßigen Bewegungen wickelte Tamara die Binde um die Wunde, und ein paar Blutstropfen blieben auf dem Küchenfußboden zurück. Man konnte zusehen, wie die fremde Substanz auf den bemalten Fliesen erstarrte.
»Sag, Tamara, riecht Blut eigentlich?«, fragte Jakovle und streichelte Baby Herzls kahlen Kopf.
»Nicht wie saure Milch«, antwortete Tamara und befahl

ihm, die Fliesen zu säubern, bevor die Mutter aus der Milchkammer zurückkam. Sie befestigte den Verband um den Arm des Engländers. Man sah ihm an, dass er Schmerzen hatte, aber er gab keinen Ton von sich. Stattdessen lächelte er Tamara an, die zurücklächelte, dann aber schnell den Blick senkte. Jakovle machte sich Sorgen. Was würden seine Eltern tun, wenn sie feststellten, dass seine Schwester einen Feind ins Haus geholt hatte? Zum Glück war der Vater früh am Morgen losgefahren, um den frisch gemachten Käse zu verkaufen. Ihre Milchprodukte waren in der ganzen Gegend bekannt. Die Mutter melkte wie üblich die Kühe, und sie war es auch, die Butter herstellte und den in Scheiben geschnittenen Käse in Kühlbehältern verstaute, während Fatma sich um Baby Herzl kümmerte.

Als die Mutter an jenem Tag nach Hause kam, war der Arm des Fallschirmspringers bereits verbunden. Sein Rucksack stand neben der Tür. Der Fallschirm lag auf dem Boden, er hatte nicht zugelassen, dass irgendjemand ihn berührte.

Der Mutter verschlug es den Atem. »Du lieber Gott!«, murmelte sie. »Ein Engländer in unserem Haus! Tamara, was, um Himmels willen, ist dir da eingefallen?«

Jakovle saß wie festgeklebt auf seinem Stuhl, das schlafende Baby im Arm. Er hätte Herzl gern in sein Bettchen gelegt, fürchtete aber, dass der Fallschirmspringer ausgerechnet dann, wenn er die Küche verlassen hätte, seine versteckte Pistole zeigen würde. Also wartete Jakovle. Er wollte die Waffe unbedingt sehen. Vielleicht würde der Engländer ihm sogar erlauben, sie anzufassen.

Der Fallschirmspringer sprang auf. »Wer ist das?«, fragte er misstrauisch.
»Das ist meine Mutter«, sagte Tamara ruhig.
»Aber ich habe gedacht ... Ich habe gedacht, diese Frau wäre deine Mutter ...«, stotterte der Engländer und deutete auf Fatma.
»Was werden die Nachbarn sagen?«, fragte die Mutter auf Hebräisch.
Tamara deutete auf den verbundenen Arm des Fallschirmspringers, der der Mutter die Hand hinstreckte, die sie aber zurückwies.
»Ich bin erst vor ein paar Tagen hier ins Land gekommen«, sagte er. »Verstärkung wegen der Lage. Ich bin zum ersten Mal in einem jüdischen Haus. Ihre Sprache ist seltsam. Und wenn diese Frau spricht«, er deutete auf Fatma, »hört es sich an, als würde sie die Wörter singen.«
»Sie spricht Arabisch«, erklärte Tamara.
Der Fallschirmspringer zuckte mit den Schultern. »Hebräisch, Arabisch, wie soll man das unterscheiden?«
»Wir brauchen diese Fremden nicht«, sagte die Mutter, wieder auf Hebräisch. »Wir können uns selbst verteidigen. Sag ihm, er soll abziehen.«
Dann befahl sie Jakovle, das schlafende Baby ins Bettchen zu bringen, aber Jakovle blieb sitzen. Er dachte, wenn er mit Herzl die Küche verließ, würde er den Fallschirmspringer mit den drei Frauen allein lassen. Es war bestimmt nicht richtig, einen Mann in Uniform ihrer Gnade zu überlassen – so etwas verdiente nicht einmal ein Feind.
Tamara richtete sich auf. Jakovle wusste zwar, wie stur

seine Schwester war, aber noch nie hatte er sie so entschlossen gesehen. Ihre nackten Füße standen auf den Fliesen, als wären sie buchstäblich festgeklebt.

»Er ist auf unseren Zaun gefallen. Man wirft einen Gast nicht aus dem Haus.«

Die Augen des Fallschirmspringers flogen zwischen Tamara und ihrer Mutter hin und her, bevor sie an Fatma hängenblieben, die auf Arabisch erklärte, ein Gast wisse, wann er willkommen ist und wann nicht, und hinzufügte: »Und am Schluss geht er dahin zurück, wo er hergekommen ist.«

Jakovles Nasenflügel zitterten. Obwohl keine Milch in der Küche zurückgeblieben war, stieg plötzlich der Geruch saurer Milch in seine Nase, ein übler Geruch.

Die drei Frauen machten sich daran, den Tisch zu decken, und schoben Jakovle aus dem Weg. Aus dem Augenwinkel sah er, dass Tamara die festliche Schabbat-Tischdecke gewählt hatte. Die Mutter knallte die Teller auf den Tisch, die Messer und Gabeln sprangen klirrend hoch.

»Das ist nicht das House of Lords und nicht der Buckingham Palace«, zischte sie mit zusammengepressten Lippen und schnitt das Brot in Scheiben, die eigentlich zu dick waren.

Beim Ton ihrer Stimme zuckte der Fallschirmspringer zusammen. Weil ihn der verletzte Arm behinderte, strich ihm Tamara frische Butter aufs Brot und schnitt für ihn Käse ab.

»Wir haben eine Übung gemacht«, sagte er entschuldigend, »und ein heimtückischer Windstoß hat mich davongetrieben. Ich habe die Richtung verloren, denn von oben sieht alles gleich aus.«

Jakovle hielt noch immer das Baby auf dem Schoß. Als er versucht hatte, den kleinen Herzl ins Bettchen zu legen, hatte er angefangen zu weinen und Jakovle hatte nachgegeben. Offenbar wollte auch das Baby keinen Moment dieses aufregenden Ereignisses verpassen.

»Wie heißt du?«, fragte Jakovle, aber der Fallschirmspringer schien die Frage nicht gehört zu haben.

»Wir kennen das Land sowohl von oben als auch von unten«, verkündete die Mutter, »und nichts, nicht einmal ein unerwarteter Windstoß, wird uns aus unserer Heimat vertreiben.«

Fatma schaute die Mutter an und sagte: »Ja, sie sind es, die verschwinden werden, und wir werden für immer hierbleiben.«

Nun schien die Sonne nicht mehr ins Fenster. Die Zeit fliegt, dachte Jakovle und hatte das Gefühl, als würde auch er von einem bösen Wind herumgewirbelt. So viele Fragen schwirrten ihm durch den Kopf. Wie das ging, das Fallschirmspringen, und wann man schoss und warum der Fallschirmspringer vom Kurs abgekommen war. Das größte Rätsel war, warum Tamara und der Fremde sich dauernd anschauten, als spielten sie ein Spiel, dessen Regeln er nicht verstand. Der Fallschirm bewegte sich ein bisschen, und die Mutter konnte der Versuchung nicht widerstehen, den Stoff zu berühren.

»Reine Seide.« Sie seufzte. »Wir könnten daraus Vorhänge für Tamaras Zimmer machen.«

Der Fallschirmspringer schob vorsichtig seinen Teller

von sich. Die Käsestücke, die übriggeblieben waren, trugen noch den Abdruck seiner Zähne. Als er sein Messer und seine Gabel ordentlich nebeneinanderlegte, flatterte seine Hand zu Tamaras Hand wie ein verirrtes Insekt. Tamara rührte sich nicht. Jakovle dachte, sie wolle die Berührung erwidern, vielleicht um seinen Verband zu kontrollieren, doch in diesem Moment wandte sich die Mutter an den Fallschirmspringer: »Sie müssen jetzt gehen.« Hätte sie die Verwünschung gekannt, die Jakovle in der Woche zuvor im Lebensmittelgeschäft aufgeschnappt hatte – »deine Eingeweide sollen sich dauernd drehen wie ein Leierkasten« –, hätte sie diesen Spruch jetzt bestimmt gegen den Engländer losgelassen.

Fatma, auf dem Weg zum Spülstein, trat aus Versehen auf den Fallschirm und der Engländer fuhr erschrocken hoch.

»Schade um die Verschwendung von so viel Stoff«, erklärte Fatma. »Was wir daraus hätten nähen können ... vielleicht ein Hochzeitskleid!«

Der Fallschirmspringer stand auf; den verletzten Arm über die Brust gelegt, um seine Auszeichnungen zu verbergen, blickte er Tamara in die Augen und sagte: »George, mein Name ist George.«

Ein Name für Könige, dachte Jakovle. Vielleicht war es ja ein König, der auf ihrem Zaun gelandet war und sich im Mangobaum verhakt hatte.

Die drei Kühe in ihrem Stall hatten echte hebräische Namen: Edna, Adina und Chemda. Zwei Damaszenerinnen und eine Schweizerin. Dem Fallschirmspringer fiel es schwer, sie zu wiederholen, nur Tamaras Name ging ihm wie Butter über die Zunge. In den kommenden Jahren würde Jakovle immer, wenn jemand seine Schwester beim Namen rief, sich an den besonderen Klang erinnern, mit dem der Engländer »Tamara, Tamara« geflüstert hatte. Vielleicht war es das Echo dieses süßen Klangs, der die Kühe an jenem Tag dazu brachte, die Köpfe vom Wassertrog zu heben, sodass die Glocken um ihren Hals läuteten. Den ganzen Tag über benutzte Tamara jede nur mögliche Ausrede, um Jakovle loszuwerden, sie erteilte ihm die verschiedensten Aufträge, aber ihr kleiner Bruder blieb ihnen immer auf den Fersen.

In der Milchkammer war der Fallschirmspringer fasziniert von den Leinensäcken, die von der Decke hingen, während Molke in die darunter stehenden Kanister lief. Er fragte, ob er sie probieren könne. Sogar jetzt ließ er sich nicht von seinem kostbaren Fallschirm trennen, er hielt ihn mit seinem unverletzten Arm fest. Vielleicht hatte er Angst, Fatma und die Mutter würden ihn schnappen. Als der Engländer an Edna vorbeiging, kniff Jakovle ihr in das feuchte, feste Fleisch und die Kuh muhte in ihrer eigenen Sprache. Sofort machte der Engländer einen Satz und tat, als ziehe er ein unsichtbares Schwert gegen Edna.

»Du bist ein Drache!«, rief er. »Du bist es, gegen den ich kämpfen muss.«

Tamara lachte. »Unsere Kühe spucken kein Feuer.« Auch an das Lachen seiner Schwester würde Jakovle sich Jahre später noch erinnern.

Der Fallschirmspringer verteidigte sich mit seinem unsichtbaren Schwert gegen einen Heuballen. »Vielleicht«, sagte er, »sind es in deinem Land die Menschen, die Feuer spucken.« Er kniete vor Tamara nieder, bot ihr sein unsichtbares Schwert dar und bat: »Prinzessin, gib mir deinen Segen.«

Jakovle wunderte sich. Tamara sollte eine Prinzessin sein? Wieso denn das? Prinzessinnen liefen doch nicht barfuß herum.

Der Fallschirmspringer machte ein erstauntes Gesicht. »Kennt der Junge etwa nicht die Legende vom Heiligen Georg?«

»Ich kenne sie auch nicht«, sagte Tamara und wurde rot.

Der Fallschirmspringer schob sie und ihren Bruder auf einen Heuballen und fing an zu erzählen, wie vor langer Zeit ein furchtloser Ritter die Tochter des Königs aus den Klauen eines schrecklichen Drachen gerettet hatte. Er beschrieb, wie das riesige Tier mit den Flügeln eines Adlers und dem Schwanz einer Schlange aus einem See aufstieg, wie Dampfwolken aus seinem Rachen kamen und wie es Flammen spuckte. Obwohl Jakovle die meisten der englischen Worte nicht verstand, kapierte er doch alles, was er wissen musste, durch die Gesten des Engländers und Tamaras Gesichtsausdruck. Sie waren so vertieft in die Geschichte, dass weder Tamara noch Jakovle spürten, wie das Heu an ihren Beinen kratzte. Gerade als der Engländer den endgültigen Sieg des Heiligen Georg über die fürchterliche Kreatur beschreiben wollte, stürmte Jehuda, Arie-Lejb und Matilda Lerners Sohn, in den Stall.

»Tamara!«, schrie er. »Schick den Engländer fort, auf der

Stelle. Tamara! Diesen dreckigen Engländer ...« Jehuda spuckte auf den Boden. Das unsichtbare Schwert des Fallschirmspringers erstarrte in seiner Hand. »Du machst uns Schande«, schrie Jehuda weiter. »Du Engländer-Hure!«
Diese Beschimpfung hatte Jakovle unzählige Male gehört, sie war der am häufigsten vorkommende Fluch seiner Sammlung. Trotz Jehudas Mangel an Originalität wurde Tamara so weiß wie die Fallschirmseide, weißer als die frischste Milch. Sie stellte sich neben den Engländer.
Ihr Klassenkamerad versetzte dem Heuballen einen Tritt, dass Halme durch die Luft flogen. Edna, die Kuh, kaute weiter am Heu. Sie hatte genug vom Drachenspielen. Sie verstand schließlich weder Englisch noch Hebräisch oder Arabisch und zeigte kein Interesse an Jehudas Beschimpfung, deren Echo noch im Kuhstall hing.
»Wenn dieser dreckige Engländer bis zum Abend nicht verschwunden ist, bringe ich ihn um!«

Diese Drohung erschreckte Tamara bis auf die Knochen, aber Jakovle nahm sie nicht ernst. Erst Jahre später fand Jakovle heraus, dass Tamaras Klassenkamerad tatsächlich Zugriff auf ein geheimes Waffenversteck in den Orangenplantagen seines Vaters gehabt hatte. Damals konnte Jakovle auch nicht wissen, dass sich Jehuda Lerner der Hagana anschließen würde, der Vorläuferin der israelischen Armee, einen Tag, nachdem die Juden des Dorfs in der Synagoge Schutz vor einem Angriff der Araber suchen mussten. Als Jehuda den Stall verließ, spuckte er noch einmal verächtlich vor Tamara aus.

Diesmal brauchte der Fallschirmjäger keine Übersetzung. Er wollte ins Haus zurückgehen, um seinen Rucksack zu holen, aber Jakovle war nicht bereit, auf den Rest der Geschichte zu verzichten. Er zerrte an der Uniform des Fallschirmspringers und stotterte schließlich »please«, das einzige englische Wort, das er wusste.
Aufrecht dastehend, den verbundenen Arm gebeugt – vielleicht ein Hinweis darauf, dass die Schmerzen schlimmer geworden waren –, schaute der Engländer Tamara an, als müsse sie entscheiden. Sie zögerte erst, warf einen Blick hinauf zum dunkler werdenden Himmel. Doch dann erfüllte sie den Wunsch ihres Bruders und bat den Engländer, die Geschichte von diesem englischen Ritter, der schönen Prinzessin und dem Drachen zu Ende zu erzählen.
Der Fallschirmspringer gab schließlich nach, erzählte aber den aufregendsten Teil der Geschichte viel zu widerwillig. Die Worte sprangen aus seinem Mund wie aus einer Pistole. Jakovle verbarg seine Enttäuschung nicht, denn der Fallschirmspringer betonte nicht mehr richtig und spielte auch nichts mehr vor. Der Drache, erzählte er schnell, stieg aus dem See auf und die zitternde Prinzessin drängte den Heiligen Georg, wegzulaufen, um sein Leben zu retten. Aber der galante Ritter wendete sein Pferd, griff das wilde Tier an und schlug es zu Boden. Dann befahl er der Prinzessin, ihren Gürtel um den Drachenhals zu legen, und das verschreckte Tier folgte ihr so gehorsam wie ein Hund an der Leine.
Die letzten Worte hatte der Fallschirmspringer förmlich verschluckt und Jakovle war überzeugt, dass er die inte-

ressantesten Einzelheiten weggelassen hatte. Was hatte der Drache mit der Prinzessin angestellt? Hatte er aufgehört, Feuer zu spucken? Waren der Ritter und die Prinzessin, nachdem der Drache gezähmt war, triumphierend auf seinem Rücken geritten?
All diese Details hatte er ausgelassen. Der magische Zauber war gebrochen – und Edna, die Kuh, die gerade mit ihrem Schwanz Fliegen vertrieb, hatte nicht die geringste Ähnlichkeit mit einem schrecklichen Drachen.
Was war es, das den englischen Fallschirmspringer vom Kurs abgetrieben hatte? War er vielleicht von der dünnen Luft dort oben berauscht worden oder hatte er einfach nur die Richtung verloren? Oder hatte ihn etwa doch nur ein heimtückischer Windstoß dazu gebracht, auf ihrem Zaun zu landen, und er hatte erst, als er auf festem Boden war, erkannt, dass dieses Land Feuer spuckte und sich an jedem rächen wollte, der versuchte, es von oben zu beobachten, aus sicherer Entfernung.
Jakovle war bereit, seine Schwester und den Fallschirmspringer für kurze Zeit allein zu lassen. Er versprach, gut auf den Fallschirm aufzupassen, er schwor es sogar mit dem schlimmsten Fluch seiner Sammlung: »Der Todesengel soll auf meinem Grab Tango tanzen.«
Als die beiden davongingen, drehte sich der Fallschirmspringer noch einmal zu Jakovle um und bekreuzigte sich auf Art der Christen, sodass es aussah, als habe er zumindest teilweise etwas von dem Fluch verstanden.

Aus Angst, Jehuda Lerner könne bald zurückkommen und vielleicht den Fallschirm zerstören, drückte Jakovle

die Tür des Kuhstalls fest zu und versicherte sich, dass sie wirklich abgeriegelt war. In dem jetzt dämmrigen Licht versuchte er, seine Angst zu überwinden, indem er sich einen ganzen Strom von Flüchen aufsagte und dabei hoffte, sie würden die Milchvorräte seiner Mutter nicht sauer machen. Immer wieder strich Jakovle mit der Hand über den weichen Seidenstoff des Fallschirms, er kontrollierte die feinen Nähte und die Befestigung der Schnüre. Das Tropfen aus den Stoffsäcken über ihm hatte aufgehört und Jakovle versuchte sich vorzustellen, dass der Fallschirm umgedreht an der Decke hing und mit der Milch aller drei Kühe gefüllt war. Vielleicht würde die reine Seide einen magischen Käse bewirken, einen, von dem einem Flügel wachsen könnten.
Jakovle wickelte sich in den Fallschirm und phantasierte, wie es wohl wäre, durch die Luft zu fliegen und vom Wind von einem Ort zum andern getrieben zu werden, bis zur Landung.

»Wie lange wird dieser Engländer bei uns bleiben?«, erkundigte sich Fatma in der Küche und rührte mit gleichmäßigen Bewegungen den Babybrei.
»Er geht gleich weg«, sagte Tamara. »Pass auf, Fatma, der Brei kocht über.«
Beim Klang ihrer Stimmen kam die Mutter in die Küche, den kleinen Herzl auf dem Arm.
»Was fehlt ihm?«, fragte Tamara und wollte ihr den Kleinen abnehmen, aber die Mutter drückte Herzl an die Brust und betrachtete den Fallschirmspringer, der seinen Rucksack packte.

»Er hat sich schon einmal verlaufen«, sagte sie. »Wir sollten aufpassen, dass es ihm nicht ein zweites Mal passiert.«
Der Fallschirmspringer sammelte fieberhaft seine Sachen zusammen. Obwohl er den Frauen den Rücken zukehrte, wusste er, dass sie über ihn sprachen. Fatma drehte das Gas aus und der Brei hörte auf zu blubbern.
»Er sollte verschwinden, bevor der Herr zurückkommt. Wenn er diesen Engländer hier findet ...«
Tamara unterbrach sie. »Und was wird mein Vater dann tun?«, fragte sie.
Fatma hob die Hand und fuhr sich mit den Fingern über die Kehle. »Ich werde meinen Sohn Machmud rufen«, sagte sie. »Er wird ihm den Weg zum Lager der Engländer zeigen.«
Die Mutter nahm einen Löffel und fing an, den kleinen Herzl zu füttern, aber er spuckte den Brei sofort wieder aus. Sie schob ihm erneut den vollen Löffel in den Mund, und diesmal schluckte Herzl ihn folgsam hinunter.
»Ich habe gesehen, dass Jehuda Lerner sich bei uns herumtreibt«, sagte die Mutter nachdrücklich.
Jahre später erzählte Tamara ihrem Bruder Jakovle, wie ihr in diesem Moment ein Schauer über den Rücken gelaufen sei. Jakovle wäre gern Zeuge der Dinge gewesen, die sich in der Küche ereigneten, weit weg von seinen neugierigen Augen. Von seinem Platz in der Milchkammer, wo er den Fallschirm bewachte, konnte er nicht sehen, wie Fatma ihren Sohn holte. Machmud war der Einzige, der noch keinen Fluch zu Jakovles Sammlung beigesteuert hatte. Später, als die Juden Schutz in der Synagoge such-

ten, sollte Jakovles Schatz an Flüchen enorm anwachsen, sowohl an hebräischen als auch an arabischen. Doch er schob sie tief unter die anderen, denn schlimme Worte, die ernst gemeint waren, machten einfach keinen Spaß.
Fatmas Sohn war derjenige, der Jakovle das Reiten auf einem Pferd beigebracht hatte, aber seit dem großen Streik hatte Machmud aufgehört, zu ihnen zu kommen. Fatma hatte der Mutter ihr Herz ausgeschüttet und geklagt, dass er abends immer verschwinde. Fatma fürchtete, er habe sich diesen hitzköpfigen jungen Männern angeschlossen, die sich vor der Moschee auf dem Marktplatz trafen und Waffen und Flüche herumgehen ließen.
»Wer weiß, was in ihren Köpfen vorgeht«, hatte Fatma geklagt. »Ich hoffe nur, dass unser Land nicht in Flammen aufgeht.«
In Jakovles Augen war Machmud weiterhin der stärkste und mutigste Mann, den er je getroffen hatte, und er wünschte sich die Zeit vor dem großen Streik zurück, als sie gemeinsam durch Lerners Plantagen geritten waren.
»Ich werde wie Mussolini sein«, hatte Machmud damals gesagt. Jakovle hatte keine Ahnung, wer Mussolini war, aber er hatte sich geniert, zu fragen.

Die Dämmerung senkte sich herab. Tamara und der Fallschirmspringer kamen über den gepflasterten Weg auf Jakovle zu, der in der Tür des Kuhstalls stand. »Ich habe auf den Fallschirm aufgepasst«, sagte er und hoffte, dass er dafür jetzt die Pistole des Engländers sehen und vielleicht sogar anfassen dürfte.

Der Fallschirmspringer wuschelte ihm zum Dank durch die Haare und fing dann an, von einer Stallecke zur anderen zu springen und den Fallschirm zusammenzufalten, vorsichtig, um nicht auf den Stoff zu treten. Als er fertig war, sah der Fallschirm wie ein großer, unförmiger Kuchen aus. Als er diesen Kuchen nun Tamara hinhielt, bemerkte Jakovle am oberen Ende ein Loch. Einen Moment lang dachte er, der Stoff sei am Zaun kaputtgegangen, doch dann verstand er, dass das Loch absichtlich hineingemacht worden war.

Der englische Fallschirmspringer fragte: »Wirst du an mich denken, jüdische Prinzessin?«

Tamara drückte das Seidenbündel an die Brust und bedankte sich bei dem Engländer.

Wie kann man einen solchen Schatz einfach hergeben, dachte Jakovle. Vielleicht hatte sich der Fallschirmspringer bei seinem Absturz ja am Kopf verletzt.

Er zog ihn am Ärmel. »Aber George, wenn du vom Himmel gefallen bist, warum kehrst du nicht zum Himmel zurück?«

Tamara war fast versteckt hinter dem seidenen Bündel. Nur ihr schönes Gesicht war zu sehen. Sie sah wirklich wie eine Prinzessin aus.

»Geh zur Küche«, befahl sie Jakovle. Erst weigerte er sich, aber noch nie war Tamara so stur gewesen, am Schluss blieb ihm nichts anderes übrig, als zu tun, was sie verlangte. Doch er drängte sich zwischen die Kühe und spähte durch einen Spalt in den Brettern. Er wollte unbedingt wissen, ob der Fallschirmspringer Tamara jetzt seine Pistole zeigte. Das wollte er auf keinen Fall verpassen.

Der verbundene Arm des Fallschirmspringers senkte sich zwar zu seinem Gürtel, doch statt die Pistole zu ziehen, wanderte er zu Tamaras Körper. Tamara ließ langsam das seidene Bündel zu Boden sinken, bis nichts mehr zwischen ihrem Körper und dem fremden Körper war.
Was Jakovle durch den schmalen Spalt in der Holzwand sah, verblasste auch in den folgenden Jahren nicht. Seine siebzehnjährige Schwester und der Engländer versanken in dem seidenen Berg. Einen Moment lang sah es aus, als ritten sie gemeinsam auf einem Drachen, doch die Geräusche, die sie ausstießen, waren anders als alle Geräusche, die Jakovle kannte und ließen ihm einen Schauer über den Rücken laufen.
Wie gelähmt stand der Junge da, während Tamara und der Engländer tiefer sanken, und er nahm sich fest vor, eines Tages selbst aus einem Flugzeug zu springen, er würde durch die Luft fliegen, bis drei zählen und dann nach oben schauen, zu dem weißen Fallschirm, denn wenn der Fallschirm sich öffnete, bedeutete das, dass ihm das Leben geschenkt wurde.
Jakovle konnte Tamaras Mund nicht sehen, doch sogar die Kühe konnten ihre Seufzer durch die Fallschirmseide hören. Kühe, sagte sich Jakovle, tratschen nichts weiter, und er schwor sich, nie im Leben das Geheimnis seiner Schwester zu verraten – selbst wenn man ihn mit den allerschlimmsten Verwünschungen bedrohen würde.

Der Engländer und Machmud verschwanden rasch zwischen den Bäumen und Jakovle fiel es schwer, ihnen zu folgen. Trotz der hundertneunundsiebzig Tage Streik

kannte Machmud noch haargenau die versteckten Pfade durch Lerners Orangenplantagen. Er hielt aber den Mund, obwohl er ziemlich gut Englisch sprach. Sie trafen keinen Menschen, und trotzdem hatte Jakovle das Gefühl, dass ihnen jemand folgte, denn Jehuda Lerner kannte die Plantagen seines Vaters ebenso gut wie Machmud.
»Dort ist dein Camp«, sagte Machmud, als sie die Straße erreichten, die um das Dorf herum führte. Er spuckte die Wörter förmlich aus. Der Fallschirmspringer reichte ihm die Hand, aber Machmud weigerte sich, sie zu nehmen.
»Geht nach Hause, Engländer, ihr habt hier nichts verloren!«
»Wir sind nur gekommen, um zu helfen«, sagte der Engländer.
»Wem denn?«, fragte Machmud, als er sich umdrehte, um zu gehen. Aber Jakovle hielt ihn an seiner Kefija fest. Er brauchte noch einen Fluch für seine Sammlung.
»Machmud«, bat er, »frag ihn nach einem Fluch auf Englisch für mich.«
Machmud zögerte. Der Fallschirmspringer setzte seinen Helm auf. Ohne den Fallschirm sah er auf einmal sehr verloren aus.
»Jesus, was um Himmels willen will der Junge jetzt? Will er meine Pistole sehen?«
Er streckte seinen verbundenen Arm nach der Pistolentasche aus, da übersetzte Machmud, was Jakovle gesagt hatte. Auf dem Gesicht des Fallschirmspringers erschien plötzlich wieder das Lächeln, das es erhellt hatte, als er Tamara zum ersten Mal gesehen hatte. Er ging zum letzten Baum der Plantage, zog wieder sein unsichtbares Schwert

und schwang es wie im Kampf. Jakovle stampfte begeistert mit den Füßen. Endlich würde ihm der Engländer die fehlenden Details der Drachengeschichte erzählen.
»Um den Hals des Drachen war der Gürtel der Prinzessin gebunden, trotzdem war er weit davon entfernt, ein unterwürfiges Hündchen zu werden. ›Der Tag wird kommen‹, brüllte er, ›da werde ich wieder Feuer spucken und riesige Flammen werden aus meinem Maul kommen‹.«
Der Fallschirmspringer riss den Mund auf und fauchte den Baum an, und Jakovle brach in Lachen aus. Die Blätter bewegten sich von dem heftigen Wind, den der Engländer ausstieß. Auch auf Machmuds Gesicht zeigte sich der Anflug eines Lächelns, und plötzlich streckte er dem Fremden die Hand hin. Sie schüttelten sich die Hände, und Jakovle verstand plötzlich, warum der Fallschirm jene Öffnung hatte. Die Erde kam näher und ein Fallschirmspringer konnte nicht wissen, wann er aufschlagen würde, aber durch die Öffnung blieb der Mensch mit dem Himmel in Verbindung.
»Goodbye, George«, rief Jakovle, als er dem Fallschirmspringer nachschaute, der die abfallende Straße hinunterlief. »Und bitte, keine Bruchlandungen mehr!«

Machmud wollte nicht durch die Plantagen zurückgehen. Er hielt Jakovle fest an der Hand, und sie gingen die Straße hinauf zu den ersten Häusern des Dorfs, in denen schon Licht brannte. Ein kalter Nachtwind kam auf. Machmud nahm seine Kefija ab und legte sie um Jakovles Schultern. »Wer ist Mussolini?«, fragte Jakovle endlich, und er spürte, dass Machmuds Hand sich spannte.

»Ein heldenhafter Führer. Ein Faschist. Die Italiener nennen ihn ›il Duce‹. Er trägt immer ein schwarzes Hemd und eines Tages wird er sein Volk zur Revolution führen«, sagte Machmud, er ließ Jakovles Hand los und streckte den Arm in die Luft.

»Kann dein Mussolini auch Drachen besiegen?«, fragte Jakovle.

Machmuds lautes Lachen erschreckte den Jungen ein wenig. Hätte er nicht gewusst, dass es den Muslimen verboten war, Wein zu trinken, hätte er gedacht, Machmud hätte eine ganze Flasche leergetrunken.

»Du wirst schon sehen«, sagte Machmud, »eines Tages werden die faschistischen Schwarzhemden die ganze Welt regieren.«

Plötzlich spürte Jakovle eine große Müdigkeit, er konnte keinen Schritt mehr machen. Machmud, der stärkste Mann, den er kannte, hob ihn ohne jede Schwierigkeit hoch und setzte ihn auf seine Schultern – gemeinsam betraten sie das Dorf.

Die Mangoblätter schlugen gegen Jakovles Kopf, seine Füße baumelten in der Luft. Als sie am Zaun vorbeigingen, betrachtete der Junge die Stelle, an der der Fallschirmspringer an diesem Morgen gelandet war, und stellte fest, dass der Aufprall nicht die kleinste Beschädigung zurückgelassen hatte.

Jakovle wollte Machmud die Kefija zurückgeben, aber sein Freund wollte sie nicht nehmen. Der Junge war so müde, dass ihm die Augen zufielen. Er spürte, dass die Kraft aus ihm heraustropfte wie die Molke aus den Säcken in der Milchkammer.

»Du wolltest doch noch einen Fluch für deine Sammlung«, sagte Machmud. »Bitte, ich schenke dir einen: Yachreb Beetak.«*

»Was soll das heißen?«, rief Jakovle verzweifelt. Aber Machmud war schon von der Dunkelheit verschluckt worden.

Die Bruchlandung hatte Jakovle verpasst. Ein Fallschirmspringer ist so lange sicher, solange seine Füße in der Luft sind. Sein Kopf bleibt klar, seine Gedanken sind so rein wie die Luft. Die Erde unter ihm dreht sich, bereit, ihn aufzunehmen. Aber die Erde ist eifersüchtig und trifft den Fallschirmspringer, wann er es am wenigsten erwartet, damit er ihr für immer erhalten bleibt. Jenes Jahr war jenes Jahr, kein anderes. Vor dem großen Krieg, vor all den Kriegen, die danach kamen.

Jakovle fand nie heraus, was Tamara mit dem Fallschirm anfing, den ihr der englische Fallschirmspringer geschenkt hatte. Fatma und seine Mutter nähten weder Vorhänge daraus noch ein Brautkleid. Und obwohl Jakovle Tamara nie erzählte, was er durch den schmalen Spalt der Stallwand gesehen hatte und das Geheimnis treu für sich behielt, wusste er, dass die Prinzessin ihren Ritter nie vergessen hatte. Wann immer ein starker Windstoß durch die Mangobäume fuhr, lief Tamara zum Zaun, als erwarte sie, dass noch einmal eine Liebe vom Himmel fallen würde.

* Möge dein Haus zusammenbrechen.

Jahre später – zwölf Jahre, um genau zu sein – wachte Jakovle auf. Obwohl er kein Kind mehr war, war ihm der Kosename aus seiner Kindheit geblieben.
Herzl war inzwischen ein Heranwachsender und der englische Fallschirmspringer und seine Kameraden waren nach Hause zurückgekehrt, und die Flagge von Großbritannien war von einer Flagge ersetzt worden, auf der zwei blaue Streifen den Davidsstern einrahmen.
Diesmal hörte Jakovle den Aufprall. Der Schreck fuhr ihm durch den Körper. Er sprang aus dem Bett und rannte hinaus, um das Ereignis auf keinen Fall noch einmal zu verpassen.
Eine Stahlkette war um das Minarett der Moschee am Marktplatz gebunden. Jehuda Lerner stand auf einem Erdhaufen und leitete die jungen Juden des Dorfs an, als sie die Stahlkette ergriffen und mit aller Kraft daran zogen.
»Hau ruck, hau ruck«, schrie Jehuda Lerner und das Minarett brach zusammen. An diesem Morgen, als der Staat Israel ausgerufen worden war, wurden die arabischen Häuser des Dorfs zerstört und Fatma verschwand. Für den Rest seines Lebens sehnte Jakovle sich nach Machmud und seiner Mutter Fatma. Er hatte beide verloren. Nur Machmuds Kopftuch war ihm geblieben, und manchmal, wenn er traurig war, vergrub Jakovle das Gesicht in dem traditionellen arabischen Tuch, um sich an den Freund zu erinnern, den er nie vergessen würde.
Jehuda fuhr fort, Tamara als »Engländer-Hure« zu beschimpfen. Aber Jakovle entfernte dieses schreckliche Wort aus seiner Sammlung.

Hatte Jakovle tatsächlich den Aufprall gespürt oder hatte er es sich nur eingebildet? Voller nostalgischer Gefühle und mit einer kleiner gewordenen Sammlung von Flüchen, stand er an jenem Tag, an dem der Staat Israel ausgerufen worden war, vor der zerstörten Moschee, und erinnerte sich plötzlich an George.

Am Ende hatte er die Pistole des Engländers nicht berührt. Inzwischen hatte er auch keine Lust mehr, Waffen anzufassen. Je älter er wurde, umso größer wurde sein Hass auf Pistolen und jede Form tödlicher Waffen.

Der englische Fallschirmspringer hatte allerdings etwas zur Sammlung von Flüchen und Verwünschungen des Jungen beigetragen, der nun ein Mann geworden war. Georges Drache hatte geschworen, der Tag würde kommen, an dem wieder Flammen aus seinem weiten Rachen schlagen und das ganze Land in Flammen aufgehen würde.

Die Prinzessin weinte. Sie wusste, dass auch sie mit dem Gürtel für immer an den Drachen gebunden war und kein Schwert sie befreien konnte. Ihr Ritter war in seine ferne Heimat zurückgekehrt und hatte sie mit dem verletzten Tier zurückgelassen. Beide waren sie im selben Land geboren, neben demselben See.

Palästina war dazu bestimmt, viele Jahre lang zu brennen.

Der Name des Fallschirmspringers war George, aber der Mann, der vom Himmel gefallen und auf ihrem Zaun gelandet war, war kein König. Er war ein gewöhnlicher Mann, den ein Windstoß herbeigeweht hatte. Er fiel und

stand auf, genau wie die Prinzessin, genau wie der Drache – ein jeder, jeder zu seiner Zeit.
Und Jakovle tat es auch.
Und als er, fast ohne es zu bemerken, erwachsen geworden war, wusste er genau, dass der fürchterliche Fluch, der über sie gekommen war, gebannt werden musste.

Inhalt

Die hebräischsprachige Erstausgabe ist 2006 unter dem Titel
Eich Matchilim Ahava bei Yedioth Ahronoth, Tel Aviv erschienen.

Published by Arrangement with The Institute for the Translation of Hebrew Literature

Für die deutsche Ausgabe:

Gestaltung und Satz: Hofmeister Stauder. Büchermacher, Berlin
Gesetzt aus der Miller und der Arno
Druck und Bindung: CPI books GmbH, Ulm
Printed in Germany
ISBN 978-3-941087-82-8
www.jacobystuart.de